GATSBY LE MAGNIFIQUE

FRANCIS SCOTT FITZGERALD

Gatsby le Magnifique

ROMAN TRADUIT DE L'ANGLAIS (ÉTATS-UNIS) PAR JACQUES TOURNIER

LE LIVRE DE POCHE

Titre original :

THE GREAT GATSBY

Note de l'éditeur

Cette traduction de *Gatsby le Magnifique* est conforme au texte définitif de l'*Edition complète des Œuvres de F. Scott Fitzgerald*, publié en 1991 par la Cambridge University Press — texte établi par Matthew J. Bruccoli, assisté de Fredson Bowers, à partir des manuscrits, des corrections d'épreuves et des révisions ultérieures de l'auteur lui-même.
Nous tenons à saluer ici Robert Fouques Duparc, qui a conduit les négociations et rendu possible cette nouvelle traduction.

ISBN : 978-2-253-17672-5 – l^{re} publication – LGF

*De nouveau
pour Zelda*

Coiffe-toi donc du chapeau d'or, si ça
doit l'éblouir ;
Si tu sais bondir comme un acrobate,
fais-le devant elle ;
Qu'elle s'écrie enfin : « Ô amant coiffé
d'or, amant aux bonds d'acrobate,
Tu dois être à moi ! »

Thomas PARKE D'INVILLIERS*

* Thomas Parke d'Invilliers, auteur de ce poème cité en exergue, est l'un des principaux personnages du premier roman de F. Scott Fitzgerald : *L'Envers du Paradis*. On peut donc légitimement penser que ce poème est de Fitzgerald lui-même.

I

Dès mon âge le plus tendre et le plus facile à influencer, mon père m'a donné un certain conseil que je n'ai jamais oublié.

— Chaque fois que tu te prépares à critiquer quelqu'un, m'a-t-il dit, souviens-toi qu'en venant sur terre tout le monde n'a pas eu droit aux mêmes avantages que toi.

Il n'a rien dit d'autre, mais il existait entre nous une complicité si rare que nous nous comprenions à demi-mot, et j'ai su qu'il sous-entendait beaucoup plus qu'il n'en exprimait. Depuis, je m'efforce de réserver tous mes jugements — habitude qui a conduit vers moi de nombreuses natures singulières et m'a rendu victime de quelques raseurs aguerris. Un esprit fragile décèle très vite ce trait de caractère lorsqu'il se manifeste chez un individu normal et, de lui-même, il vient s'y attacher. Si bien qu'à l'université, on m'a faussement accusé de jouer les éminences grises à des fins personnelles, parce que je connaissais les révoltes les plus secrètes de garçons farouches, dont j'ignorais jusqu'au nom. La plupart de ces confidences naissaient d'elles-mêmes — je faisais souvent semblant de dormir, de réfléchir profondément, ou j'affectais une frivolité agressive, dès que je devinais à quelque signe indiscutable qu'un aveu intime pointait à l'horizon — car les aveux intimes des jeunes gens, du moins les mots dont ils se servent pour les exprimer, tiennent le plus souvent du plagiat, tronqués de coupures évidentes. Réserver son jugement est une preuve d'espoir infini. J'ai toujours un peu peur d'être injuste si j'oublie ce que sous-entendait mon père avec un certain snobisme, et que je répète avec le même snobisme : le sens des usages les plus élémentaires n'est pas distribué de façon équitable à la naissance.

Après avoir fait un tel étalage de ma tolérance, je suis bien obligé d'avouer qu'elle a des limites. Chacun est libre de fonder son comportement sur le rocher le plus inébranlable ou les sables les plus mouvants, mais, passé un certain point, je me moque de savoir sur quoi il se fonde. Quand je suis revenu de la côte Est, à l'automne dernier, j'aurais presque souhaité que le monde soit en uniforme et se tienne à jamais dans une sorte de garde-à-vous moral. J'étais saturé de plongées chaotiques et d'aperçus privilégiés à l'intérieur du cœur humain. Seul Gatsby, l'homme qui donne son nom à ce livre, échappait à cette réaction — Gatsby qui représente pourtant tout ce que je méprise le plus sincèrement. Si la personnalité se traduit par une suite ininterrompue d'actions d'éclat, il devait y avoir en lui quelque chose de magique, une prescience suraiguë des promesses de l'existence, comme s'il était relié à l'une de ces machines ultra-sensibles qui détectent la moindre secousse sismique à dix mille *miles* de distance. Cette

12

sensibilité n'a rien à voir avec l'émotivité apathique qu'on nomme pompeusement « tempérament créatif ». C'était un don prodigieux pour l'espoir, une aptitude au romanesque que je n'avais encore rencontrée chez personne, et que je ne pense pas rencontrer de nouveau. Non — Gatsby s'est montré parfait jusqu'à la fin. C'est ce dont il était la proie, les remous dégradants qu'entraînait le sillage de ses rêves, qui m'ont rendu sourd pour un temps aux chagrins mort-nés des humains et à leurs transports si vite essoufflés.

Ma famille occupe une place éminente dans notre ville du Middle West depuis trois générations. Les Carraway forment une sorte de clan, et nous descendons par tradition des ducs de Buccleuch, mais la branche à laquelle j'appartiens descend plus simplement du frère de mon grand-père, qui s'est installé ici en 1851, a pu s'offrir un suppléant pendant la guerre de Sécession et a créé cette entreprise de ferronnerie en gros que mon père dirige aujourd'hui.

Je n'ai pas connu ce grand-oncle, mais il paraît que je lui ressemble — si l'on en croit du moins le portrait plutôt rébarbatif accroché au-dessus du bureau directorial. Diplômé de Yale en 1915, un quart de siècle jour pour jour après mon père, j'ai très vite été confronté à la tentative avortée d'expansion germanique qu'on appelle : la Grande Guerre. J'ai pris un tel plaisir à cette union sacrée contre l'envahisseur qu'à mon retour je ne tenais plus en place. Le Middle West, que j'avais regardé jusque-là comme le cœur ardent de l'univers, m'évoquait soudain ses confins les plus déshérités. J'ai donc décidé de gagner la côte Est pour y apprendre le métier d'agent de change. Tous les jeunes gens que je connaissais travaillaient chez un agent de change. J'en ai conclu que le marché parviendrait à nourrir un célibataire de plus. Mes oncles et tantes au grand complet ont alors discuté du problème, comme s'il s'agissait de choisir le meilleur des collèges, avant d'émettre un « Bon... Pou-ourquoi pas ? » réticent. Mon père s'est engagé à subvenir à mes besoins pendant un an, et après divers atermoiements je suis parti pour l'Est, et pour toujours pensais-je, au printemps de 1922.

La sagesse voulait que je prenne une chambre en ville, mais il faisait déjà très chaud et j'arrivais d'une région d'immenses pelouses et de parcs ombragés — aussi, quand l'un des collègues de l'agence m'a proposé de partager avec lui une maison, dans un village de la périphérie, j'ai trouvé l'idée admirable. Il a déniché la maison, un bungalow en carton-pâte ouvert à tous les vents, pour quatre-vingts dollars par mois, mais au dernier moment l'agence l'a muté à Washington et je me suis retrouvé seul à la campagne. J'avais un chien — les premiers jours du moins, car il m'a très vite faussé compagnie —, une Dodge sans âge et une servante finlandaise, qui retapait mon lit, préparait mon petit déjeuner et se marmonnait à elle-même, au-dessus du fourneau électrique, quelques aphorismes finnois.

Après deux ou trois jours de complète solitude, un homme, plus fraîchement débarqué que moi, m'a arrêté un matin sur la route.

— Pour aller à West Egg Village, on fait quoi ? m'at-il demandé d'un air égaré.

Je l'ai renseigné. Je suis reparti. Ma solitude était rompue. J'étais devenu un guide, un pionnier, un immigrant ayant droit de cité. Sans le vouloir, il m'avait conféré le statut d'indigène.

Alors, grâce au soleil, aux brusques flambées de feuillages qui dévoraient les arbres à la vitesse d'un film en accéléré, j'ai retrouvé cette assurance familière : la vie reprend toujours avec le début de l'été.

J'avais tant de livres à lire et tant d'énergie à puiser dans ces effluves de renouveau. J'ai acheté une douzaine d'ouvrages, traitant de la banque, du crédit, des placements boursiers. Alignés sur mon étagère, dans leur reliure rouge et or, ils ressemblaient à une monnaie flambant neuve, frappée à mon intention, pour me permettre d'accéder aux secrets aurifères connus des seuls Midas, Mécène et Morgan. Mais j'étais parfaitement décidé à lire d'autres livres. A l'université, j'étais plutôt un « littéraire » — j'ai même écrit pendant un an quelques éditoriaux définitifs et pontifiants pour le *Yale News* — et c'était le moment ou jamais de réveiller ce genre d'intérêt, d'en nourrir mon existence, pour devenir le plus restreint de tous les spécialistes, ce qu'on appelle « un homme accompli ». Après tout — et ce n'est pas une simple boutade — pour observer la vie sous le meilleur des angles, mieux vaut rester à la même fenêtre.

Le hasard seul a fait que je loue une maison dans l'une des communautés les plus atypiques d'Amérique du Nord. Située sur cette île étroite et tapageuse qui prolonge New York vers l'Est, elle compte, entre autres curiosités naturelles, deux excroissances côtières tout à fait insolites : des œufs géants, jumeaux quant à la forme, à peine séparés par une aimable baie, qui sont venus se nicher là, à vingt *miles* environ de la ville, au bord de ce plan d'eau salée le plus domestiqué de l'hémisphère occidental, ce grand poulailler détrempé qu'est le détroit de Long Island. Leur ovale laisse à désirer — ils sont légèrement aplatis à la base, comme dans l'anecdote de Christophe Colomb — mais leur ressemblance physique doit poser de sérieux problèmes aux mouettes qui les survolent. Ce qui frappe en revanche toute créature aptère c'est que, volume et contour mis à part, ils sont totalement différents.

J'habitais West Egg, le moins… — disons : le moins « huppé » des deux — mais c'est un adjectif beaucoup trop superficiel pour définir leur bizarre et presque menaçante antinomie. Ma maison se trouvait à la pointe extrême de l'œuf, à cinquante *yards* du détroit, coincée entre deux énormes bâtisses, dont le loyer avoisinait douze à quinze mille dollars par saison. Celle de droite était gigantesque à tous points de vue — minutieuse contrefaçon d'un hôtel de ville quelconque de Normandie, flanquée d'une tour d'angle, pimpante de jeunesse sous un duvet de lierre trop vif, d'une piscine en marbre et d'au moins vingt hectares de pelouses et jardins. C'était la demeure de Gatsby — ou plutôt, car je n'avais pas encore rencontré Mr Gatsby à l'époque : la demeure de quelqu'un qui portait ce nom-là. La mienne était une offense pour l'œil, mais si insignifiante qu'on l'avait épargnée, ce qui me donnait droit à une vue sur la mer, à une vue fragmentaire sur la pelouse de mon voisin, et à l'entourage rassurant de quelques millionnaires — le tout pour quatre-vingts dollars par mois.

Sur l'autre rive de notre aimable baie, les façades blanches des palais d'East Egg, l'œuf « le plus huppé », scintillaient en bordure de mer. Et l'histoire de cet été-là commence un certain soir où je m'y suis rendu en voiture, invité à dîner par les Buchanan. Daisy était ma cousine germaine et j'avais connu Tom à l'université. Au retour de la guerre, j'avais passé deux jours avec eux à Chicago.

Entre autres exploits physiques, le mari de Daisy avait été l'un des ailiers les plus athlétiques que Yale ait comptés dans une équipe de football — un héros national en quelque sorte, l'un de ces garçons qui atteignent, à vingt et un ans, un tel niveau de réussite que tout ce qu'ils font par la suite a un arrière-goût d'échec. Sa famille était fabuleusement riche — à l'université déjà, on lui en voulait d'avoir tant d'argent — et depuis qu'il avait quitté Chicago pour la côte Est, il vivait sur un pied à couper le souffle. Exemple : il avait fait venir de Lake Forest une écurie de poneys dressés pour le polo. Difficile de croire qu'un homme de ma génération ait les moyens de s'offrir ça !

Pourquoi la côte Est, je l'ignorais. Après un an passé en France, sans raison précise, ils avaient erré d'un endroit à l'autre, partout où les gens peuvent être riches ensemble et jouer au polo. « Mais on s'est installés pour de bon, cette fois », m'avait affirmé Daisy au téléphone. J'en doutais. Si j'ignorais tout des élans du cœur de Daisy, Tom me donnait le sentiment d'un être à la dérive, s'entêtant à chercher, avec un rien de nostalgie, les violences spectaculaires de certaines parties de football, impossibles à réinventer.

Un soir donc, où le vent était encore chaud, j'ai pris la route d'East Egg, pour rendre visite à deux vieux amis que je ne connaissais pratiquement pas. Leur maison était beaucoup plus raffinée que je ne l'aurais cru. Claire et gaie, rouge et blanche, de style néo-géorgien, elle dominait la baie. La pelouse commençait à hauteur de la plage, et grimpait vers l'entrée, en franchissant sur plus d'un quart de *mile* une série d'obstacles, genre cadrans solaires, petits murs de pierre, parterres en feu, et lorsqu'elle touchait enfin la maison, elle se précipitait contre elle, comme emportée par son élan, et l'éclaboussait d'une vigne vierge rouge sang. Une rangée de portes-fenêtres, qu'incendiaient les reflets du soleil, et qui s'ouvraient au vent du soir, courait le long de la façade, et, solidement campé sur ses jambes, chaussé de bottes de cavalier, Tom Buchanan se tenait sur la véranda.

Il avait bien changé depuis nos années d'étudiant. C'était un homme de trente ans maintenant, plutôt lourd, le cheveu blond paille, la bouche sèche, l'air hautain. Deux yeux perçants et arrogants lui mangeaient le visage et lui donnaient l'air agressif d'être constamment penché en avant. L'élégance presque féminine de sa tenue de cavalier ne parvenait pas à masquer l'incroyable vigueur de son corps. Les courroies de ses bottes vernies semblaient sur le point de se rompre, et quand il bougeait les épaules on voyait rouler, sous sa veste légère, une énorme boule de muscles. C'était un corps capable de la plus extrême violence — un corps de brute.

Sa voix haut perchée, enrouée, revêche, accentuait encore cette impression d'agressivité. S'y mêlait un soupçon de condescendance paternaliste à laquelle ses amis eux-mêmes avaient droit. J'ai connu des garçons, à Yale, qui le haïssaient pour sa suffisance. Il semblait toujours sous-entendre : « Je suis plus fort que vous, et nettement plus viril. Ce n'est pas une raison pour être d'accord avec moi dès que je donne mon avis. » Nous appartenions à la même Amicale de quatrième année, et sans être intimes, j'avais le sentiment qu'il éprouvait pour moi une certaine estime, dont il attendait la réciproque avec cette arrogance ombrageuse et bourrue qui lui était propre.

Nous avons échangé quelques mots au soleil de la véranda.

— J'ai découvert là un bien bel endroit, m'a-t-il dit en le parcourant nerveusement du regard.

Il m'a saisi le bras, m'a fait faire demi-tour et sa large main balayait l'horizon, ramassant dans un même geste un jardin à l'italienne, des roseraies entêtantes et un hors-bord au nez pointu qui dansait sur les vagues, au large.

— Ça appartenait à Demaine, le roi du pétrole.

Nouveau demi-tour, courtois mais impératif.

— Entrons.

Nous avons traversé un hall imposant, avant de pénétrer dans un espace de lumière rose, délicatement suspendu au cœur de la maison entre deux portes-fenêtres qui se faisaient vis-à-vis. Elles étaient entrouvertes et se découpaient en blanc sur le gazon frais, qui semblait sur le point d'envahir la pièce. Le vent jouait d'un mur à l'autre, jouait avec les voilages, repoussait l'un vers l'extérieur, tirait l'autre vers l'intérieur, comme deux drapeaux aux couleurs passées, les envoyait vers le plafond, glacé de sucre blanc comme un gâteau de mariage — puis il cajolait le tapis lie-de-vin, qui se couvrait d'une ombre de petites rides, comme la brise en fait courir sur la mer.

Le seul objet parfaitement immobile était un immense canapé, sur lequel deux jeunes femmes avaient trouvé refuge, comme dans la nacelle d'un ballon captif. Vêtues de blanc, toutes les deux, et leurs robes flottaient et dansaient sur elles, comme si le vent venait de les leur rendre, après les avoir fait voler autour de la maison. Je n'osais pas bouger, assourdi par le claquement de fouet des voilages et le grincement d'un tableau sur le mur. Puis je crus à une explosion. Tom Buchanan venait de fermer l'une des portes-fenêtres, et le vent tomba, pris au piège, et les voilages, le tapis et les deux femmes aéronautes, se posèrent lentement sur le sol.

La plus jeune m'était inconnue. Couchée de tout son long à l'une des extrémités du canapé, dans une immobilité absolue, elle tenait le menton levé, comme si un objet, qui s'y trouvait en équilibre, menaçait de tomber. Peut-être m'aperçut-elle du coin de l'œil, mais elle n'en laissa rien paraître, et je me suis surpris à retenir un mot d'excuse pour l'avoir ainsi dérangée.

L'autre femme, Daisy, fit un effort pour se lever : elle redressa la nuque avec un courage évident, puis elle se mit à rire, d'un rire absurde et adorable, et j'ai ri à mon tour en m'avançant vers elle.

— Je suis pa-a-ralysée de bonheur !

Réflexion très spirituelle, sans doute, car elle rit de nouveau, et me tint longuement la main, en me regardant dans les yeux, pour souligner que, de tous les humains, j'étais celui qu'elle désirait revoir avec le plus d'urgence — c'était sa façon d'être. Puis elle m'informa dans un souffle que la jeune équilibriste se nommait Baker. (J'ai entendu dire que Daisy murmurait ainsi pour contraindre les gens à s'incliner vers elle ; pure médisance, qui n'enlève rien à son charme.)

Quoi qu'il en soit, Miss Baker entrouvrit le coin d'une lèvre, inclina la tête dans ma direction de façon presque imperceptible, et reprit aussitôt son immobilité — l'objet qu'elle tenait en équilibre ayant dû à son grand effroi vaciller légèrement. Je me surpris une fois encore à retenir un mot d'excuse. Presque toutes les démonstrations d'autarcie personnelle me laissent désarmé et confus.

Je revins vers ma cousine qui, d'une voix sourde, envoûtante, me posa diverses questions. C'était l'une de ces voix dont l'oreille épouse chaque modulation, car elles improvisent de phrase en phrase une suite d'accords de hasard que personne jamais ne rejouera plus. Son visage était triste et tendre avec de beaux éclats, l'éclat du regard, l'éclat brûlant des lèvres — mais on percevait dans sa voix une note d'excitation dont les hommes qui l'ont aimée se souviendront toujours : une vibration musicale, une exigence impérieuse et chuchotée : « Ecoutez-moi, écoutez-moi ! », l'assurance qu'elle venait tout juste de vivre des instants radieux, magiques et que l'heure suivante lui en réservait d'autres, tout aussi magiques et radieux.

Je lui dis qu'avant de gagner la côte Est, j'avais passé une journée à Chicago, et qu'une douzaine de personnes m'avaient chargé de lui transmettre leurs amitiés.

— On me regrette, alors ? s'écria-t-elle avec ravissement.

— La ville entière porte le deuil. Toutes les voitures ont la roue arrière gauche peinte en noir, comme autant de couronnes mortuaires, et chaque nuit des plaintes désolées s'élèvent sur la rive nord du lac.

— Irrésistible ! On y retourne, Tom. Dès demain.

Et sans transition :

— Je veux te montrer ma fille.

— Avec joie.

— Elle dort. Elle a juste deux ans. Tu ne l'as jamais vue ?

— Non, jamais.

— Il faut que tu la voies. Elle est…

Tom, qui faisait les cent pas dans la pièce, me posa brusquement la main sur l'épaule.

— Que fais-tu dans la vie, Nick ?

— Je place des actions.

— Chez qui ?

Je donnai les noms.

— Connais pas ! dit-il, d'une voix tranchante, qui m'irrita.

— Tu connaîtras, Tom. Si tu restes sur la côte Est, tu connaîtras sûrement.

— Oh ! rassure-toi, je reste.

Il lança un bref coup d'œil à Daisy et revint vers moi, comme s'il redoutait d'autres réactions.

— Je serais vraiment fou d'aller vivre ailleurs.

Sur quoi Miss Baker aboya un : « Absolument ! » inattendu, qui me fit sursauter. C'était le premier mot que je l'entendais prononcer. Qui dut la surprendre autant que moi car elle eut un long bâillement, et par une série de torsions brèves et subtiles parvint à se mettre debout.

— Je suis ankylosée ! gémit-elle. Ça doit faire des siècles que je n'ai pas quitté ce canapé.

— Ne me regarde pas comme ça, protesta Daisy. Je t'ai proposé plusieurs fois d'aller faire un tour à New York.

— Pas pour moi, merci ! dit Miss Baker, en apercevant les quatre cocktails qu'on venait d'apporter de l'office. Je traverse une période d'entraînement intensif.

Tom lui lança un regard sceptique.

— Vous ?

Il vida son verre d'un trait, comme s'il ne contenait qu'une simple gorgée d'alcool.

— Je ne comprendrai jamais comment vous obtenez des résultats pareils.

Je regardai Miss Baker, en me demandant quel genre de « résultats » elle pouvait « obtenir ». Je la trouvais très agréable à regarder. Longue, mince, la poitrine à peine esquissée, le buste d'autant plus raide qu'elle tendait les épaules en arrière comme un jeune élève officier. Son regard gris bleuté, gêné par le soleil, croisa le mien avec la même curiosité déférente, et j'eus l'impression d'avoir déjà vu ce visage — en photographie, tout au moins.

— Vous habitez West Egg, me dit-elle avec un soupçon de hauteur. J'y connais quelqu'un.

— Moi, pour l'instant, personne.

— Vous devez connaître Gatsby.

— Gatsby ? Quel Gatsby ? demanda Daisy.

Au moment où j'allais répondre que nous étions voisins, on annonça le dîner. Tom coinça son bras sous le mien avec autorité, et me poussa hors de la pièce comme on pousse un pion sur un damier.

Paresseuses, indolentes, leurs mains délicates posées sur les hanches, les deux jeunes femmes nous précédèrent jusqu'à une véranda que le crépuscule teintait de rose. Quatre bougies, qui décoraient la table, tremblaient aux derniers caprices du vent.

— Pourquoi des *bougies* ? protesta Daisy, le sourcil froncé, et elle les éteignit du bout des doigts. Nous sommes à deux semaines du jour le plus long de l'année.

Elle eut un sourire ravi.

— Etes-vous comme moi à guetter le jour le plus long de l'année, pour l'oublier quand il arrive ? Moi, je guette le jour le plus long de l'année, et quand il arrive, je l'oublie.

— Essayons de prévoir quelque chose, suggéra Miss Baker avec un nouveau bâillement, et elle se coula sur sa chaise comme si elle se mettait au lit.

— Prévoyons ! C'est ça, prévoyons ! dit Daisy.

Elle se tourna vers moi, perplexe.

— Que prévoient les autres ?

Sans me laisser le temps de répondre, ses yeux se posèrent avec épouvante sur son petit doigt.

— Regardez ! gémit-elle. Je suis blessée.

Nous avons regardé. Sa phalange était bleu-noir.

— C'est toi, Tom ! Sans le faire exprès, mais *c'est toi* ! Voilà ce qu'on gagne à épouser une brute, le symbole même du corpulent, du pesant, du lourdaud, du…

Tom lui coupa la parole.

— Je déteste le mot : lourdaud. Même pour plaisanter.

— Lour-daud ! répéta Daisy.

Elle s'isolait parfois avec Miss Baker dans de brefs apartés, des réflexions sans queue ni tête, qu'elles interrompaient aussitôt, sur un ton aussi neutre que le blanc de leurs robes, et leur regard impersonnel, dénué de toute passion. Elles se trouvaient là, simplement — elles nous toléraient, Tom et moi, consentaient par pure courtoisie à nous parler, de loin en loin, ou nous répondre. Elles savaient que ce dîner prendrait fin, qu'un peu plus tard la soirée elle-même prendrait fin, et qu'on pourrait la mettre de côté. C'était à l'opposé de ce qui se passe dans notre Middle West où, d'étape en étape, on cherche à précipiter la fin d'une soirée, dans l'attente toujours déçue de ce qui va suivre, peut-être, ou la peur panique de l'instant présent.

Après deux verres d'un bordeaux un peu bouchonné mais grandiose, j'ai eu l'audace d'avouer :

— En t'écoutant, Daisy, j'ai l'impression d'être un barbare, un paria de la civilisation. Pourquoi ne parles-tu pas de moissons ou de choses de cet ordre ?

Je croyais cette remarque anodine, mais Tom la saisit au bond d'une façon imprévue.

— La civilisation court à sa ruine ! rugit-il avec virulence. Je suis d'un affreux pessimisme par rapport à ce qui se passe. As-tu lu *The Rise of Coloured Empires*, d'un certain Goddard ?

— N... non, ai-je répondu, stupéfait par son ton de voix.

— C'est un livre excellent. Tout le monde devrait l'avoir lu. L'idée c'est que la race blanche doit être sur ses gardes, sinon elle finira par... oui, par être englou-tie. Une thèse scientifique, fondée sur des preuves irré-futables.

— Tom réfléchit de plus en plus, soupira Daisy, avec une tristesse inattendue. Il dévore de très gros livres, remplis de mots interminables. Quel était ce mot, déjà, qui...

— Ce sont des livres scientifiques, répéta Tom, en lui jetant un regard agacé. L'auteur connaît son sujet à fond. Nous sommes la race dominante. Notre devoir est d'interdire aux autres races de prendre le pouvoir.

— Nous les réduirons en bouillie, murmura Daisy, et elle adressa un féroce clin d'œil au soleil en feu.

— Allez vivre en Californie, suggéra Miss Baker, et...

Mais Tom, sans l'écouter, se tourna lourdement vers moi.

— L'idée de base, c'est que nous sommes des gens du Nord. Je suis du Nord, toi aussi, vous aussi, et... (après une très brève hésitation, il consentit, d'un léger signe de tête, à inclure Daisy dans sa liste, et elle m'adressa le même clin d'œil). Tout ce qui fait la civilisation, c'est nous qui l'avons inventé. Les sciences, disons, les arts, et le reste. Tu comprends ?

Cet effort de réflexion avait quelque chose de pathétique, comme si son autosatisfaction, aiguisée par l'âge, avait besoin de nourritures nouvelles. Au même moment, le téléphone sonna à l'intérieur de la maison, et le maître d'hôtel quitta la véranda. Daisy profita de cette brève interruption pour se pencher vers moi.

— Je vais te révéler un secret de famille, chuchota-t-elle fébrilement, qui concerne le nez de notre maître d'hôtel. Veux-tu savoir ce qui est arrivé à ce nez ?

— Je ne suis venu que pour ça.

— Eh bien, il n'a pas toujours été maître d'hôtel. Il fourbissait l'argenterie chez des gens de New York, dont le service en argent comptait deux cents couverts. Ce qui l'obligeait à fourbir du matin au soir. Son nez s'en est trouvé affecté...

— Les choses allèrent de mal en pis, lui souffla Miss Baker.

— Exactement, de mal en pis, et il a dû rendre son tablier.

Le soleil couchant s'attarda un instant sur son visage radieux, avec une tendresse romantique. Sa voix était si basse que je dus retenir ma respiration pour l'entendre. Puis le feu s'éteignit, chaque rayon de lumière se détacha d'elle à regret, comme des enfants, au crépuscule, quittent la rue où ils s'amusent.

Le maître d'hôtel revint et murmura quelques mots à l'oreille de Tom, qui fronça les sourcils, repoussa sa chaise et, sans un mot, disparut à l'intérieur de la maison. Comme si ce départ déchirait quelque chose en elle, Daisy se pencha de nouveau vers moi.

— Oh! Nick, me dit-elle, d'une voix lumineuse, chantante, je suis si heureuse de t'avoir là, à ma table. Tu me fais penser à… à une rose, une rose parfaite. N'est-ce pas vrai?

Elle se tourna vers Miss Baker, en quête d'approbation.

— Une rose parfaite.

C'était faux. Je n'avais rien d'une rose, même de très loin. Elle disait ce qui lui passait par la tête, mais avec une chaleur bouleversante, comme si, à travers ces mots chuchotés, frémissants, son cœur essayait de se faire entendre. Puis, tout à coup, elle jeta sa serviette sur la table, nous demanda de l'excuser, et regagna la maison à son tour.

J'échangeai avec Miss Baker un bref regard, que nous voulions vide de toute expression. J'allais commencer une phrase, lorsqu'elle se dressa sur sa chaise, avec un « Chuuut! » impérieux. Un murmure assourdi, véhément, venait de la pièce voisine, et Miss Baker sans l'ombre d'un scrupule se pencha pour écouter. Le murmure devint presque audible, s'interrompit, reprit avec une véhémence accrue et s'éteignit.

Je me décidai.

— Ce Mr Gatsby dont vous parliez est mon voisin, et…

— Taisez-vous. Je veux savoir ce qui se passe.

— Il se passe quelque chose ? demandai-je en toute innocence.

— Comment ? Vous n'êtes pas au courant ?

Elle paraissait sincèrement stupéfaite.

— Je croyais que tout le monde était au courant.

— Pas moi.

— Eh bien…

Elle hésita quelques secondes.

— Tom s'est trouvé quelqu'un d'autre à New York.

— Trouvé quelqu'un d'autre ? ai-je répété dans un souffle.

— Qui pourrait avoir l'élégance de ne pas l'appeler à l'heure du dîner, vous ne trouvez pas ?

Au moment où je comprenais ce qu'elle voulait dire, il y eut un froissement d'étoffe, un crissement de botte, et Tom et Daisy nous rejoignirent à table.

— C'est ainsi et on n'y peut rien ! s'écria Daisy avec un entrain forcé.

Elle s'assit en nous regardant, Miss Baker et moi, d'un œil inquisiteur, et enchaîna :

— J'ai admiré le paysage une petite minute. C'est très romantique comme paysage. Il y a un oiseau sur notre pelouse. Je crois que c'est un rossignol, qui doit nous arriver d'Europe sur un paquebot de la Cunard ou de la White Star Line. Il s'égosille éperdument.

Sa voix devint suave.

— Romantique, n'est-ce pas, Tom ?

— Très romantique, répondit-il.

Et se tournant vers moi, plutôt mal à l'aise :

— S'il fait assez jour après le dîner, je te montrerai les écuries.

Le téléphone sonna pour la seconde fois avec insistance, mais Daisy secoua brutalement la tête en direction de Tom, et il ne fut plus question d'écuries, ni de rien. Les cinq dernières minutes de ce dîner ne m'ont laissé que des fragments de souvenirs : il me semble qu'on a rallumé les bougies sans raison apparente, et je sais que j'aurais voulu regarder les autres dans les yeux, mais que j'évitais soigneusement leurs regards. J'ignorais ce que pensaient Tom et Daisy, mais j'avais du mal à imaginer que Miss Baker, qui affectait un scepticisme inaltérable, puisse occulter si vite l'appel métallique, insistant, suraigu, de ce cinquième convive. Certains auraient jugé la situation passionnante. Moi, d'instinct, je voulais prévenir la police.

Inutile de préciser qu'on oublia les poneys. L'un suivant l'autre, et séparés par quelques pouces de pénombre, Tom et Miss Baker émigrèrent vers la bibliothèque, pour je ne sais quelle veillée funèbre, tandis que, jouant les invités ingambes et durs d'oreille, je traversai avec Daisy un dédale de vérandas communicantes, pour atteindre celle qui longeait la façade. Il faisait presque nuit. Nous nous sommes assis, côte à côte, sur une banquette en rotin.

Daisy a pris son visage dans ses mains, comme pour en vérifier le charmant contour, et son regard s'est perdu peu à peu dans le velours du crépuscule. Je la sentais si bouleversée, que j'ai tenté de la calmer en lui posant quelques questions à propos de sa petite fille.

— Nick, nous nous connaissons à peine, m'a-t-elle dit brusquement. Nous sommes cousins pourtant. Tu n'es même pas venu à mon mariage.

— J'étais encore mobilisé.

— C'est juste.

Et, après une hésitation :

— J'ai vécu des moments très difficiles, Nick, et je suis devenue d'un cynisme absolu par rapport à tout.

Elle avait des raisons de l'être, de toute évidence. J'ai attendu, mais voyant qu'elle n'ajoutait rien, je suis revenu avec maladresse vers sa petite fille.

— Elle parle, j'imagine, elle mange et… et tout ça.

— Oui, oui.

Elle me regardait, l'air absent.

— Ecoute, Nick. J'ai envie de te répéter ce que j'ai dit à sa naissance. Tu veux savoir ce que j'ai dit ?

— Bien sûr.

— Tu comprendras mieux mes réactions par rapport à… à tout. Bon. Elle n'avait pas une heure, Tom était Dieu sait où. En me réveillant de l'anesthésie, j'ai eu l'impression que la terre entière m'avait abandonnée. J'ai demandé à l'infirmière si c'était une fille ou un garçon. Elle m'a répondu : « Une fille ». J'ai tourné la tête et je me suis mise à pleurer. « Parfait, ai-je dit, je suis contente que ce soit une fille. J'espère qu'elle sera idiote. Pour une fille, c'est la meilleure place à tenir sur terre — celle d'une ravissante idiote. »

Elle poursuivit, sur un ton pénétré :

— De toute façon, je pense que tout est horrible. Tout le monde le pense — les gens les plus évolués. Et je *sais*. J'ai été partout, j'ai tout fait, j'ai tout vu.

Elle regarda autour d'elle avec une insolence hautaine, assez voisine de celle de Tom, et se mit à rire — un rire de mépris inquiétant.

— Snob !… Dieu que je suis snob !

30

Au moment précis où sa voix s'éteignait, sans plus chercher mon attention, ni vouloir me convaincre, j'ai su que rien de ce qu'elle avait dit n'était vrai. J'en ai ressenti un profond malaise, comme si la soirée tout entière n'avait été qu'un jeu d'illusionniste, destiné à me soutirer ma quote-part d'émotion. J'ai attendu, sûr de ne pas me tromper, et lorsqu'elle s'est tournée vers moi, il y avait sur son charmant visage une petite grimace d'ironie, confirmant qu'ils appartenaient, Tom et elle, à une franc-maçonnerie de très haut niveau, où la sélection est impitoyable.

A l'intérieur de la maison, les lampes donnaient à la bibliothèque un éclat de fleur pourpre. Tom et Miss Baker avaient pris place aux deux extrémités de l'immense canapé, et elle lui lisait le *Saturday Evening Post* — les mots chuchotés, monocordes, s'enchaînaient comme une berceuse. Le reflet des lumières, très vif sur les bottes vernies de l'un, plus assourdi sur la chevelure d'automne de l'autre, glissait le long du magazine chaque fois qu'elle tournait la page, en crispant légèrement les muscles effilés de son bras.

Elle leva la main, en nous voyant entrer, pour nous imposer un instant de silence.

— La suite au prochain numéro, dit-elle en reposant le magazine sur la table.

D'une brève torsion du genou, elle se redressa et se mit debout.

— Dix heures, constata-t-elle, comme si elle venait de le lire au plafond. La gentille petite fille doit aller au lit.

— Jordan dispute le tournoi de golf, demain à Westchester, m'expliqua Daisy.

— Oh! vous êtes *Jordan* Baker!

Je comprenais enfin pourquoi son visage m'était familier. Combien de fois ce regard d'aimable dédain m'avait-il toisé, dans les suppléments sportifs illustrés des journaux d'Asheville, de Hot Springs et de Palm Beach... On m'avait raconté quelque chose à son sujet, une histoire délicate, déplaisante même, mais j'en avais oublié les détails depuis longtemps.

— Bonsoir, dit-elle à mi-voix. Tu me réveilles à huit heures, Daisy? Sans faute?

— Si tu promets de te lever.

— Je promets. Bonsoir, Mr Carraway. A bientôt, peut-être.

— A bientôt sûrement, affirma Daisy. J'ai l'intention de vous marier. Nick, il faut que tu reviennes le plus souvent possible, et je m'arrangerai pour — oh! oui, pour vous ménager de longs tête-à-tête. Tu sais : vous boucler par mégarde dans la buanderie, vous expédier au large avec le hors-bord, enfin, ce genre de choses...

— Bonsoir, répéta Miss Baker du haut de l'escalier. Je n'ai pas entendu un mot.

— C'est une fille très sympathique, dit Tom après un instant de silence. Ils ne devraient pas la laisser courir ainsi d'un bout à l'autre du pays.

— Qui ça : ils? demanda Daisy d'un ton sec.

— Sa famille.

— Pour toute famille, elle n'a qu'une tante qui doit avoir dans les mille ans. D'ailleurs, Nick va s'occuper d'elle. D'accord, Nick? Elle passera presque tous ses week-ends ici, avec nous, cet été. L'ambiance de cette maison lui fera le plus grand bien, j'en suis sûre.

Tom et Daisy se dévisagèrent un moment sans rien dire. Je demandai très vite :

— Est-elle de New York ?

— De Louisville. Nous y avons partagé nos candides années de jeunesse. Nos merveilleuses et candides années…

— Tu as offert à Nick un petit entretien cœur à cœur sur la véranda ? demanda Tom brusquement.

— Moi ?

Elle me regarda.

— De quoi avons-nous parlé ? Je ne sais plus très bien. Des races nordiques, je crois. C'est ça, oui, je m'en souviens maintenant. Le sujet nous avait passionnés, et c'est la première chose qui…

— Ne crois pas tout ce qu'on te raconte, Nick, me dit Tom.

J'ai répondu sans insister qu'on ne m'avait rien raconté du tout, et quelques minutes plus tard, je me suis levé pour partir. Ils m'ont raccompagné jusqu'à la porte et sont restés immobiles, l'un à côté de l'autre, dans un large faisceau de lumière.

— Attends ! s'est écriée Daisy sur un ton péremptoire, alors que j'embrayais. J'ai oublié de te demander quelque chose. C'est très important. On nous a dit que tu avais une fiancée dans le Middle West.

— Exact, a confirmé Tom en souriant. On nous a dit que tu étais fiancé.

— Pure calomnie. Je suis trop pauvre.

— On nous l'a pourtant affirmé, a insisté Daisy, qui, à ma grande surprise, ressemblait de nouveau à une fleur épanouie. Trois personnes différentes nous l'ont affirmé. C'est donc certainement vrai.

Je savais à quoi ils faisaient allusion, mais je n'étais ni fiancé, ni sur le point de l'être. Mon départ pour la côte Est s'expliquait, en partie, par des rumeurs qui publiaient déjà les bans à notre place. On ne rompt pas une longue amitié sur de simples rumeurs, mais je refusais, d'un autre côté, qu'elles me contraignent au mariage.

J'étais sensible à l'intérêt que me portaient les Buchanan, qui rendait leur fortune moins intimidante — mais je me sentais inquiet en reprenant la route, et un peu écœuré. Pour moi, Daisy n'avait qu'une chose à faire : prendre sa fille dans ses bras, et quitter cette maison. Mais elle n'avait pas l'air d'y songer. Quant à Tom, le fait qu'il ait trouvé « quelqu'un d'autre à New York » me paraissait beaucoup moins surprenant que de le savoir déprimé par la lecture d'un livre. Quelque chose le poussait à venir grignoter dans les marges des vieux poncifs, comme si l'égotisme engendré par sa vigueur physique ne suffisait plus à combler les exigences de son cœur.

On respirait déjà l'été aux terrasses des buvettes et dans les allées des stations-service, où les nouvelles pompes à essence, d'un rouge flamboyant, se dressaient dans des flaques de lumière. J'ai regagné mon « domaine » de West Egg, rangé ma voiture dans le hangar, et je me suis assis sur un vieux rouleau de jardin qui rouillait dans un coin. Le vent était tombé, libérant les voix de la nuit, une nuit lumineuse, sonore, des frôlements d'ailes dans les arbres, et la note obstinée d'un orgue, comme si le trop-plein des vastes souffleries

terrestres animait le chœur des crapauds. La silhouette
d'un chat a traversé le clair de lune et, en tournant la tête,
j'ai constaté que je n'étais pas seul. A cinquante *yards*
de moi environ, un personnage était sorti de l'ombre
que dessinait la demeure de mon voisin, et debout, les
mains dans les poches, il regardait la grenaille argen-
tée des étoiles. Quelque chose, dans la nonchalance de
son attitude et l'assurance avec laquelle il foulait sa
pelouse, m'a conduit à penser que c'était Mr Gatsby en
personne, venu évaluer quelle superficie de notre ciel
commun lui appartenait en propre.

J'ai eu envie de l'appeler. Miss Baker avait parlé de
lui au cours de la soirée, ce qui m'offrait une entrée en
matière. Mais je m'en suis gardé, car il m'a soudain fait
comprendre qu'il souhaitait être seul : d'un geste surprenant, il a tendu les deux bras vers l'eau noire, et malgré la distance qui nous séparait, j'aurais pu jurer qu'il
tremblait. J'ai regardé l'autre rive à mon tour, et je n'ai
rien remarqué d'autre qu'une petite lumière verte, solitaire et lointaine, qui indiquait peut-être la pointe d'une
jetée. Quand je suis revenu vers Gatsby, il avait disparu
et j'étais seul de nouveau dans l'obscurité impatiente.

II

A mi-chemin de West Egg et de New York, la route se réfugie soudain contre la voie ferrée, qu'elle ne quitte plus sur un quart de *mile*, comme pour éviter tout contact avec une zone particulièrement sinistre. C'est une vallée de cendres — une métairie surnaturelle, où la cendre pousse comme du blé, entre des coteaux, des collines et des jardins grotesques, où la cendre prend des formes de maisons, de cheminées, de fumées qui s'élèvent et, se surpassant elle-même, va jusqu'à figurer des humains, qui n'émergent de cette atmosphère poussiéreuse que pour s'y dissoudre aussitôt. Un convoi de wagons grisâtres glisse parfois sur des rails invisibles, exhale un soupir de fantôme et s'immobilise, et les hommes gris cendre, armés de pelles couleur plomb, le prennent d'assaut sans attendre pour en extraire un impénétrable brouillard, qui camoufle à tous les regards leur mystérieuse activité.

Surmontant ces terres de grisaille et les vapeurs livides qui s'en échappent jour et nuit, on découvre, au bout d'un moment, les yeux du Dr T.J. Eckleburg. Les yeux du Dr T.J. Eckleburg sont bleus et gigantesques — leur rétine mesure plus d'un *yard* de haut. Ils ne se rattachent à aucun visage, mais à une immense paire de lunettes jaunes, qui chevauche une absence de nez. Un opticien à l'imagination délirante l'a sans doute posée là pour attirer la clientèle des banlieues de Queens, puis il a dû sombrer lui-même dans une cécité définitive, ou l'a oubliée en partant. Et, sous le soleil ou la pluie, ses yeux délavés, qu'on ne repeint plus depuis des années, continuent de couver rêveusement cette impressionnante décharge.

La vallée de cendres est bornée d'un côté par une petite rivière infecte et quand le pont s'ouvre en deux, pour livrer passage aux péniches, le train est obligé d'attendre, ce qui permet aux voyageurs d'admirer ce lugubre spectacle pendant une bonne demi-heure. De toute façon, il s'arrête toujours une minute ou deux à cet endroit-là — ce qui provoqua ma rencontre avec la maîtresse de Tom Buchanan.

Tout le monde savait qu'il en avait une. Ses amis supportaient mal qu'il entre avec elle dans les restaurants les plus fréquentés, l'installe à une table, et s'en aille bavarder avec les uns et les autres. J'étais curieux de la voir, je l'avoue, mais pas du tout de faire sa connaissance — et je l'ai faite. Une après-midi, j'avais pris le train pour New York avec Tom, et quand nous nous sommes arrêtés près des monticules de cendres, il s'est levé, m'a saisi par le coude et m'a presque éjecté du wagon.

— On descend, m'a-t-il dit, et c'était un ordre. Je veux te présenter ma petite femme.

Il sortait sans doute d'un déjeuner largement arrosé car cette mise en demeure de l'accompagner frôlait la violence — et impliquait, avec sa morgue habituelle, que je n'avais rien de mieux à faire pour un dimanche après-midi.

J'ai franchi derrière lui un passage à niveau d'un blanc sale, et nous avons rebroussé chemin sur une centaine de *yards*, sous l'œil inquisiteur du Dr Eckleburg. Le seul bâtiment en vue était un petit immeuble de briques jaunes, posé à l'angle du désert, longé par une amorce de Grand-Rue, qui se perdait dans le néant. Il comportait trois boutiques. La première était à louer, la seconde abritait un restaurant ouvert la nuit, auquel conduisait une piste de cendres, la troisième un garage. RÉPARATIONS — GEORGE B. WILSON — ACHAT ET VENTE DE VOITURES. J'ai suivi Tom à l'intérieur.

C'était sordide et nu, sans autre voiture qu'une épave de Ford couverte de poussière, échouée dans un coin. J'ai cru d'abord qu'il s'agissait d'un faux-semblant, que cette apparence de garage cachait de somptueux et romantiques pied-à-terre, mais le garagiste en personne est sorti d'un petit bureau, en s'essuyant les mains à un chiffon. C'était un homme blond, déprimé, souffreteux, sans grand charme. En nous apercevant, une lueur d'espoir un peu moite a traversé son regard bleu.

— Hello, Wilson ! a dit Tom, en lui tapant joyeusement sur l'épaule. Comment vont les affaires ?

— Peux pas me plaindre, a répondu Wilson, plutôt dubitatif. Alors, cette voiture, vous me la vendez quand ?

— La semaine prochaine. Mon chauffeur y travaille.

— Travaille bien lentement, trouvez pas ?

— Pas du tout ! a répondu Tom, d'un ton sec. Si vous le prenez sur ce ton, je ferais mieux de la vendre ailleurs !

— Non, non, c'est pas ce que je voulais dire, a protesté Wilson. Je voulais simplement…

Il s'est interrompu. Tom regardait autour de lui avec nervosité. J'ai alors entendu un pas dans un escalier, et les contours d'une femme assez forte sont venus masquer la lumière du bureau. Trente-cinq ans environ, manifestement corpulente, mais elle supportait ce trop d'embonpoint avec une sensualité naturelle, comme savent le faire certaines femmes. Surmontant une robe à pois, en crêpe de Chine bleu nuit, son visage n'avait ni éclat, ni trace de beauté, mais il émanait d'elle une énergie vitale qu'on percevait d'instinct, comme une braise sous la cendre, une tension de tout le corps prêt à s'enflammer. Elle sourit doucement, et, sans égard pour son mari, le traversant comme s'il n'était qu'un fantôme, elle vint prendre les mains de Tom, et le regarda dans les yeux. Puis elle passa la langue sur ses lèvres, et, sans se retourner, dit à son mari, d'une voix indolente, vulgaire :

— Et des chaises pour s'asseoir, alors ? Qu'est-ce que tu attends ?

— Voilà, voilà, murmura Wilson avec empressement, et il regagna son bureau, où il se fondit aussitôt dans le ciment gris des murs.

Un voile de poussière blanchâtre couvrait tout ce qui l'entourait, ses cheveux blonds, ses vêtements, absolument tout — sauf sa femme, qui se serra contre Tom.

— Je veux te voir, dit-il d'un ton autoritaire. Tu prends le prochain train.

— D'accord.

— Je te retrouve à la sortie des quais, près du kiosque à journaux.

Elle hocha la tête, et se recula au moment précis où George Wilson sortait du bureau avec deux chaises.

Nous l'avons attendue à l'écart, sur la route. C'était à quelques jours de l'*Independence Day*. Un petit Italien, fragile et poussiéreux, installait des feux d'artifice le long de la voie ferrée.

— Terrible endroit, dit Tom, en échangeant un froncement de sourcils avec le Dr Eckleburg.

— Sinistre.

— Ça lui fait du bien d'en sortir.

— Le mari ne dit rien ?

— Wilson ? Il croit qu'elle va voir sa sœur à New York. Il est tellement nul qu'il ne sait même pas qu'il existe.

C'est ainsi que Tom Buchanan, sa petite femme et moi sommes allés ensemble à New York. Pas tout à fait ensemble, car Mrs Wilson, par discrétion, voyagea dans un autre wagon — concession accordée par Tom aux « East-Eggeriens » ombrageux, qui risquaient de prendre le même train.

Elle s'était changée, pour une robe de mousseline marron à ramages, qui se tendit à éclater sur le bel arrondi de ses hanches quand Tom l'aida à descendre de son wagon. Elle acheta au kiosque à journaux un exemplaire du *Town Tattle* et un magazine de cinéma, et au drugstore de la gare du cold-cream et un petit flacon de parfum. Dans la longue galerie à colonnes, remplie d'échos assourdissants, où stationnent les taxis, elle en refusa quatre, avant d'opter pour un bleu lavande à coussins gris clair, tout neuf, et nous sortions déjà de la cohue des voyageurs pour rejoindre le grand soleil, lorsqu'elle tourna brusquement la tête vers la portière, puis tapa du poing contre la vitre du chauffeur.

— Ces chiens-là, j'en veux un! s'écria-t-elle. J'en veux un pour l'appartement. C'est tellement merveilleux d'avoir ça — un chien!

Une rapide marche arrière nous mit à hauteur d'un vieil homme grisonnant, qui était la caricature de John D. Rockefeller. Dans une corbeille, qu'il portait autour du cou, gigotaient une douzaine de chiots, au pedigree problématique.

— De quelle race sont-ils? lui demanda-t-elle, comme il se penchait vers la portière.

— Toutes les races. Laquelle souhaitez-vous, madame?

— J'aimerais un genre chien policier. Vous n'avez pas ça, j'imagine?

Le vieil homme jeta sur sa corbeille un regard perplexe, y plongea la main, en sortit, par la peau du cou, une petite boule frétillante.

— Ça n'a rien d'un chien policier, dit Tom.

— Pas exactement *policier*, reconnut le vieil homme avec un soupçon de regret. Plutôt un airedale.

Il lui frotta le dos, qui évoquait une serpillière brunâtre.

— Touchez-moi cette fourrure. Ça, c'est de la fourrure. Un chien comme ça, vous êtes tranquille, s'enrhumera jamais.

Mrs Wilson semblait enthousiasmée.

— Je le trouve si mignon. Il vaut combien?

— Ce chien-là?

L'homme le jaugea avec respect.

— Ce chien-là, ça vaut largement dix dollars.

L'airedale — il était évident, malgré quelques poils blancs aux pattes, qu'un airedale se trouvait compromis quelque part dans l'affaire — changea donc de mains, et atterrit dans le giron de Mrs Wilson, qui caressa avec extase sa fourrure anti-rhume.

— Fille ou garçon ? demanda-t-elle avec tact.

— Ce chien-là ? Un garçon.

— Une femelle, trancha Tom. Voilà votre argent. Vous pourrez vous en racheter dix avec ça.

Et nous avons gagné la Cinquième Avenue, si chaude et paresseuse en ce début d'été, d'une douceur si pastorale, que j'aurais trouvé naturel de voir un troupeau de moutons tourner brusquement le coin de la rue.

— Attendez ! ai-je dit. Je dois vous quitter là.

— Pas question ! protesta Tom aussitôt. Si tu ne viens pas à l'appartement, tu vas blesser Myrtle. N'est-ce pas, Myrtle ?

— Oh ! oui, venez, insista-t-elle. Je téléphonerai à ma sœur Catherine. Les gens qui s'y connaissent assurent que c'est une vraie beauté.

— J'aimerais beaucoup, mais…

Mais le taxi continua, traversa Central Park, en direction de l'Ouest, et s'arrêta dans la 158e Rue, devant un immeuble genre gâteau de sucre, découpé en tranches verticales. Mrs Wilson inspecta les environs avec l'œil d'une reine qui regagne enfin son royaume, prit son chien dans ses bras, ramassa ses autres emplettes, et franchit le seuil, tête haute.

— Je vais inviter les McKee, annonça-t-elle dans l'ascenseur. Et, bien sûr, j'appellerai ma sœur.

L'appartement occupait le dernier étage — un petit living-room, une petite salle à manger, une petite chambre avec salle de bains. Le living-room regorgeait de meubles en tapisserie trop imposants pour lui, qui bloquaient jusqu'aux portes, et pour s'y déplacer, on se heurtait sans cesse à d'exquises jeunes femmes poussant l'escarpolette sous les frondaisons de Versailles. Une seule image au mur : la photographie, démesurément agrandie, d'une poule perchée sur un rocher flou. A première vue, du moins, car, avec un peu de recul, la poule se changeait en bonnet, coiffant le visage d'une très vieille dame joufflue, qui, du haut de son cadre, examinait la pièce. De vieux numéros du *Town Tattle* étaient empilés sur une petite table, avec un exemplaire de *Simon Called Peter* et divers magazines à scandale de Broadway. Mrs Wilson s'occupa en priorité de son chien. Un liftier réticent consentit à lui procurer un carton avec de la paille et du lait, auquel il ajouta de sa propre initiative un paquet de biscuits pour chiens, énormes et coriaces — et l'un d'eux se désagrégea, pendant toute la soirée, dans une soucoupe de lait. Tom, de son côté, avait sorti une bouteille de whisky d'un secrétaire fermé à clef.

Je n'ai été ivre que deux fois dans ma vie, et comme la seconde est précisément ce jour-là, malgré le grand soleil qui inonda l'appartement jusqu'à près de huit heures du soir, tout ce qui s'est passé me revient aujourd'hui dans une brume assez opaque. Assise sur les genoux de Tom, Mrs Wilson téléphona d'abord à plusieurs personnes ; puis les cigarettes vinrent à manquer ; je descendis en acheter au drugstore du coin ; quand je suis remonté, ils avaient disparu ; j'ai donc gagné sans bruit le living-room, et j'ai lu un chapitre de *Simon Called Peter.* Le texte devait être nul, ou l'alcool déformait tout, mais je n'ai pas compris un mot.

Au moment où Tom et Myrtle (dès le premier verre, nous nous sommes appelés, Mrs Wilson et moi, par nos prénoms) faisaient leur réapparition, les invités sonnaient à la porte.

Catherine, la sœur, était une jeune femme de trente ans, longue et mince, très délurée, les deux pieds sur terre, les cheveux d'un roux agressif, coupés ras sur la nuque, un teint que la poudre rendait laiteux. Elle s'était épilé les sourcils, et les avait redessinés sous un angle plus provocant, mais les efforts de la nature pour rejoindre l'ancien tracé donnaient à son visage quelque chose d'un peu flottant. On entendait cliqueter, à chacun de ses gestes, d'innombrables bracelets de terre cuite, qui glissaient le long de ses bras. Elle arriva en terrain conquis, et jeta sur le mobilier un tel regard de propriétaire que je crus qu'elle habitait là. Mais quand je posai la question, elle fut prise d'un fou rire nerveux, la répéta à haute voix, et me répondit qu'elle vivait à l'hôtel avec une amie.

Mr McKee était un homme incolore et efféminé, qui occupait l'appartement du dessous. Il venait tout juste de se raser, car une petite pointe de savon à barbe lui décorait la joue. Il salua chacun avec déférence, et m'apprit qu'il se consacrait à la « création artistique ». Je compris un peu plus tard qu'il était photographe, et responsable du portrait, démesurément agrandi, de la mère de Mrs Wilson, qui pendait au mur comme un ectoplasme. Sa femme était criarde, apathique, ravissante et atroce. Elle m'apprit avec fierté que depuis leur mariage son époux l'avait photographiée cent vingt-sept fois.

Mrs Wilson, qui s'était changée de nouveau, arborait une robe de cocktail en taffetas crémeux, d'une coupe très élaborée, qui froufroutait avec constance dès qu'elle se déplaçait. Au contact de cette robe, sa personnalité amorçait un certain changement, elle aussi. L'insolente vitalité, qui m'avait tant frappé au garage, faisait place peu à peu à une *hauteur* emphatique. Son rire, ses gestes, ses propos, se chargeaient d'une affectation de plus en plus accentuée et comme la pièce rétrécissait à mesure qu'elle se rengorgeait, elle ressembla bientôt à une toupie, qui grinçait en tournant sur elle-même, à travers l'atmosphère enfumée.

— Ma chérie, disait-elle à sa sœur, dans une sorte d'aboiement guindé, la plupart de ces gens ne pensent qu'à vous rouler. L'argent, ils n'ont que ça en tête. La semaine dernière, j'ai fait venir une pédicure. Quand elle m'a présenté sa note, on aurait cru qu'elle m'avait enlevé l'appendice.

— Comment s'appelle-t-elle ? demanda Mrs McKee.

— Eberhardt. Une pédicure qui se déplace à domicile.

— J'aime votre robe, enchaîna Mrs McKee. Je la trouve adorable.

D'un haussement méprisant des sourcils, Mrs Wilson balaya le compliment.

— Une vieillerie. Je la porte de temps en temps, quand je me moque de quoi j'ai l'air.

— Sur vous, elle est superbe, si vous voyez ce que je veux dire. Si Chester vous prenait là, telle quelle, il en tirerait quelque chose, croyez-moi.

Nos regards se posèrent en silence sur Mrs Wilson, qui nous regarda à son tour, avec un sourire éclatant, après avoir remis en place une petite mèche rebelle qui lui ombrageait la paupière. La tête inclinée sur le côté, Mr McKee l'observait fixement. Puis, avec une extrême lenteur, il fit glisser sa main de haut en bas devant ses yeux.

— Il faudrait que je modifie l'éclairage, déclara-t-il enfin. Je voudrais souligner le modelé du visage, tout en préservant la masse compacte des cheveux.

— A mon avis, il ne faut surtout pas modifier l'éclairage, protesta Mrs McKee. Je crois plutôt...

— *Chuuttt...*, fit son mari, et nos regards se posèrent de nouveau sur le modèle, mais, avec un bâillement sonore, Tom se leva brusquement.

— Dites donc, les McKee, vous n'avez rien à boire ? Myrtle, trouve-nous des glaçons et de l'eau minérale, sinon tout le monde va s'endormir.

— J'avais demandé des glaçons au liftier, soupira Myrtle en haussant les sourcils d'un air désespéré, devant l'inefficacité manifeste des classes laborieuses. Ces gens-là ! Il faut être sans arrêt sur leur dos !

Elle me regarda, éclata d'un rire imprévu, se précipita sur son chien, qu'elle couvrit de baisers frénétiques, et disparut vers la cuisine, comme si une douzaine de maîtres queux étaient en attente de ses ordres.

— J'ai fait quelques études très réussies à Long Island, annonça Mr McKee.

Tom le regarda sans comprendre.

— Nous en avons deux, en bas, qui sont encadrées.

— Deux quoi ?

— Deux études. J'ai baptisé la première : *Montauk Point — les mouettes*, la seconde : *Montauk Point — la mer*.

Catherine, la sœur, vint s'asseoir à côté de moi, sur le canapé.

— Vous habitez Long Island, vous aussi ?

— West Egg.

— Non ? Il y a un mois, j'ai été là-bas, pour une soirée. Chez un homme qui s'appelle Gatsby. Vous connaissez ?

— Nous sommes voisins.

— Vous savez ce qu'on dit ? Que c'est un cousin, ou un neveu, du Kaiser Guillaume II. C'est pour ça qu'il a tant d'argent.

— Non ?

Elle hocha la tête.

— Moi, il me fait peur. Je préfère rester à l'écart, qu'il n'ait rien à voir avec moi.

Ces passionnantes révélations furent coupées net par Mrs McKee, qui pointait le doigt vers Catherine.

— Chester, c'est d'*elle* que tu peux tirer quelque chose.

Mais Mr McKee se contenta de tourner la tête avec lassitude et revint vers Tom.

— J'aimerais faire d'autres études à Long Island, si je pouvais y avoir mes entrées. Je ne demande pas grand-chose. Qu'une porte s'ouvre, un point c'est tout.

— Demandez à Myrtle, dit Tom, et il partit d'un grand éclat de rire, au moment où Mrs Wilson revenait avec un plateau. Elle va vous donner une lettre d'introduction. N'est-ce pas, Myrtle ?

— Donner quoi ? demanda-t-elle, effarée.

— Une lettre d'introduction pour ton mari. A Mr McKee. Il en fera quelques études intéressantes.

Il remua les lèvres un moment, comme s'il cherchait un titre.

— *George B. Wilson et la pompe à essence*, ou quelque chose comme ça.

Catherine se serra contre moi et me dit à l'oreille :

— Ils ne supportent ni l'un ni l'autre la personne qu'ils ont épousée.

— Ni l'un ni l'autre ?

— *Quasiment* pas.

Elle regarda Myrtle, puis Tom.

— Moi, je dis une chose : pourquoi vivre avec quelqu'un qu'on ne supporte pas ? Si j'étais eux, je divorcerais pour me remarier aussitôt.

— Elle n'aime plus Wilson ?

La réponse, inattendue, vint directement de Mrs Wilson, qui avait dû entendre ma question. Aussi brutale qu'obscène.

— Qu'est-ce que je disais ? s'écria Catherine, triomphante.

Et baissant de nouveau la voix :

— C'est sa femme à lui qui bloque tout. Elle est catholique, et ils refusent le divorce.

Comme Daisy n'était pas catholique, j'ai trouvé l'affabulation assez déplaisante.

— Une fois mariés, enchaîna Catherine, ils iraient s'installer dans l'Ouest, en attendant que les choses se tassent.

— Ce serait encore plus discret en Europe.

— Oh ! vous aimez l'Europe ? dit-elle avec étonnement. Je rentre de Monte-Carlo.

— Non ?

— Juste l'an dernier. J'y étais avec une amie.

— Pour longtemps ?

— Juste un aller-retour. On a débarqué à Marseille. En arrivant, on avait douze cents dollars. On nous les a barbotés au jeu, en deux jours, dans les salons parti-

culiers. Pour rentrer, ça posait problème, croyez-moi !
Bon Dieu, comme je hais cette ville !

Le ciel de cette fin d'après-midi prit un moment, derrière les vitres, la teinte bleu doré de la Méditerranée — puis la voix stridente de Mrs McKee me rappela brutalement dans la pièce.

— Moi aussi, j'ai failli commettre une erreur, expliquait-elle avec passion. J'étais pratiquement fiancée à un petit Juif, qui me courait après depuis des années. Très inférieur à moi, et je le savais. Tout le monde me disait : « Lucille, cet homme-là ne t'arrive pas à la cheville. » Si je n'avais pas rencontré Chester, il aurait fini par m'avoir.

— D'accord, d'accord, répondit Myrtle, en hochant plusieurs fois la tête. Mais, attention, vous ne l'avez pas épousé.

— Je sais que je ne l'ai pas épousé.

— Moi, je l'ai épousé, reconnut Myrtle comme si c'était incompréhensible. Voilà toute la différence entre votre histoire et la mienne.

— Pourquoi l'as-tu fait ? demanda Catherine. Personne ne t'y obligeait.

Myrtle parut réfléchir.

— Parce que j'ai cru que c'était un gentleman, finit-elle par répondre. J'ai cru qu'il avait quelques notions de savoir-vivre. Mais il n'est même pas digne de cirer mes chaussures.

— Tu étais folle de lui, au début.

— Moi, folle de lui ? s'écria Myrtle avec stupeur. Qui ose dire que j'étais folle de lui ? Pas plus folle de lui que de cet homme-là.

Elle pointa brusquement le doigt vers moi, et tout le monde me regarda comme si j'étais coupable. J'essayai d'expliquer, par une mimique appropriée, que je n'attendais d'elle aucun attachement affectif.

— La seule fois où j'ai été *folle*, c'est le jour où je l'ai épousé, ça oui ! Je faisais une erreur, et je le savais. Pour se marier, il a dû emprunter un costume à un ami, sans me le dire. Un matin, en son absence, l'ami en question est venu réclamer son costume. « Oh ! ai-je dit, il vous appartient ? Première nouvelle ! » Je le lui ai rendu quand même, et je me suis effondrée sur le lit, en pleurant toutes les larmes de mon corps.

— Elle devrait le laisser tomber, me répéta Catherine. Ça fait onze ans qu'ils vivent au-dessus du garage, et Tom est le premier joli cœur qu'elle s'offre.

La bouteille de whisky — la seconde — passait sans cesse de main en main. Catherine seule s'abstenait, car « elle se sentait mieux sans rien ». Tom demanda au portier de nous faire livrer des sandwichs, ceux qui se présentent comme des repas complets. Je ne pensais qu'à m'évader, à gagner Central Park à pied, dans la douceur du crépuscule, mais dès que j'essayais de me lever, j'étais de nouveau entraîné dans une discussion absurde, délirante, qui me retenait sur ma chaise comme si j'étais ligoté. J'imaginais l'alignement de nos fenêtres éclairées, suspendues au-dessus de la ville, et qui devaient représenter, pour l'observateur de passage, arrêté dans l'ombre des rues, un mystère d'existence, et je finissais par le voir, levant les yeux vers nous et s'interrogeant. J'étais avec lui dans la rue, avec eux dans la pièce, attiré et repoussé tout ensemble par la profusion de contrastes que vous offre la vie.

Myrtle avait tiré sa chaise contre la mienne, et soudain son haleine brûlante déversa sur moi l'histoire de sa première rencontre avec Tom.

— C'était dans le train, les deux strapontins face à face, qu'on occupe toujours en dernier. J'allais passer la nuit à New York, chez ma sœur. Il était en tenue de soirée, des chaussures vernies, des miroirs, et je ne pouvais pas m'empêcher de le regarder, mais chaque fois qu'il cherchait mon regard, je faisais semblant de m'intéresser à une publicité juste au-dessus de lui. A la gare, il m'a serrée de près, je sentais le plastron de sa chemise empesée contre mon bras — alors j'ai dit que j'allais appeler un agent, mais il savait que je mentais. J'étais tellement bouleversée, en montant dans le taxi avec lui, que je ne savais même plus que je ne prenais pas le métro. Et j'avais cette phrase dans la tête, qui tournait, qui n'arrêtait pas de tourner : « On n'a qu'une vie, on n'a qu'une vie… »

Elle regarda Mrs McKee, et éclata d'un grand rire affecté.

— Ma chérie, cria-t-elle, dès que j'enlève cette robe, je vous la donne. J'en achèterai une autre demain. Je dois faire une liste de tout ce qu'il me faut. Un massage, une indéfrisable, un collier pour mon chien, un de ces cendriers adorables, vous savez, avec un ressort sur lequel on appuie, une couronne mortuaire pour la tombe de ma mère, avec un nœud de ruban en soie noire, qui doit tenir tout l'été. Je vais mettre cette liste par écrit sinon j'oublierai la moitié de ce que j'ai à faire.

Il était neuf heures — et presque aussitôt j'ai regardé ma montre et j'ai vu qu'il était dix heures. Mr McKee dormait dans un fauteuil, les poings sur les cuisses, comme s'il posait pour une étude d'homme d'action. Je pris mon mouchoir pour effacer la petite pointe de savon séché, qui décorait sa joue et m'avait perturbé toute la soirée.

Assis sur la table, le petit chien promenait son regard aveugle à travers la fumée et poussait de temps en temps une petite plainte étranglée. Les gens sortaient, rentraient, proposaient d'aller quelque part, se séparaient, cherchaient quelqu'un d'autre, le retrouvaient un peu plus loin. Vers minuit, Tom Buchanan et Mrs Wilson, dressés l'un contre l'autre, discutaient âprement du point de savoir si Mrs Wilson avait ou non le droit de prononcer le nom de Daisy.

— Daisy ! Daisy ! Daisy ! Je le dirai quand j'en aurai envie. Dai-sy ! Dai —

D'un coup bien appliqué du tranchant de la main, Tom lui brisa le nez.

D'où serviettes tachées de sang sur le carrelage de la salle de bains, cris de femmes scandalisées, et planant au-dessus du tumulte de longs hurlements de douleur. Tiré de son petit somme, Mr McKee chancela vers la porte, l'air assommé. Il s'arrêta à mi-chemin pour contempler la scène. Sa femme et Catherine, consolantes et indignées, titubaient d'un meuble à l'autre, portant de quoi soulager la malheureuse créature, couchée sur le divan, qui saignait abondamment et s'efforçait de protéger ses fausses tapisseries versaillaises avec un vieil exemplaire du *Town Tattle*. Mr McKee fit enfin demi-tour et sortit. Je décrochai mon chapeau d'un candélabre pour le suivre.

— Déjeunons ensemble un de ces jours, me proposa-t-il pendant que nous plongions dans les hoquets de l'ascenseur.

— Où ?

— N'importe où.

— Enlevez donc vos mains du levier de commande, aboya le liftier.

— Pardonnez-moi, répondit McKee avec la plus grande dignité, j'ignorais que je le touchais.

Et moi :

— D'accord, avec plaisir.

… Plus tard, je me trouve au pied de son lit, lui en sous-vêtements au milieu des draps, et il feuillette un impressionnant portfolio.

— *La Belle et la Bête… Solitude… Vieux cheval de labour… Brooklyn Bridge…*

… Plus tard encore, somnolent sur un banc glacial du quai en sous-sol de Pennsylvania Station, j'essaie de déchiffrer la première édition du *Tribune*, en attendant le train de quatre heures.

III

On entendait de la musique chez mon voisin pendant les nuits d'été. Des hommes et des femmes voltigeaient comme des phalènes à travers ses jardins enchantés, dans une atmosphère de murmures, de champagne et d'étoiles. L'après-midi, à marée haute, je pouvais voir ses invités s'envoler du plongeoir, ou rôtir au soleil sur le sable brûlant de sa plage, tandis que ses deux hors-bord fendaient les eaux du détroit en entraînant des aquaplanes dans des cataractes d'écume. En fin de semaine, sa Rolls-Royce se transformait en autobus et faisait d'incessants va-et-vient entre sa maison et New York, de neuf heures du matin à minuit largement passé, et sa camionnette jaune vif vrombissait comme un hanneton sur la route de la gare pour ne manquer l'arrivée d'aucun train. Et le lundi, huit domestiques, dont un jardinier spécialement convoqué, travaillaient toute la journée, armés de balais, de brosses en chiendent, de marteaux et de sécateurs, à effacer les ravages de la veille.

Chaque vendredi, un fruitier de New York livrait cinq cageots d'oranges et de citrons — et chaque lundi matin, ces mêmes oranges et citrons formaient devant sa porte de service une pyramide d'écorces vides. Sa cuisine était équipée d'un appareil capable de presser deux cents oranges en moins d'une demi-heure, à condition que le pouce d'un majordome qualifié appuie deux cents fois sur un petit bouton.

Tous les quinze jours environ, une équipe de charpentiers-décorateurs apportaient de grandes bâches et des quantités de lampions multicolores, pour transformer les immenses jardins de Gatsby en arbre de Noël. On dressait des buffets, où des hors-d'œuvre chatoyants et des jambons fumés bardés d'épices côtoyaient des salades bigarrées comme des arlequins, des pâtés de porc et des dindes magiquement changées en or brun. On installait dans le hall un vrai bar, avec repose-pied en cuivre, garni de tous les alcools imaginables, et de flacons de liqueurs extrêmement rares, oubliées depuis si longtemps que la plupart de ses invitées féminines étaient trop jeunes pour les distinguer l'une de l'autre.

L'orchestre se mettait en place vers sept heures — non pas un misérable quintette, mais toute une armée de trombones, de hautbois et de saxophones, de violons, de trompettes et de piccolos, de caisses claires et de timbales. Les derniers baigneurs sont rentrés de la plage à cette heure-là, et s'habillent dans les chambres. Les voitures venues de New York se garent par rangs de cinq dans les contre-allées, et les salons, les vérandas, les couloirs, s'animent de couleurs criardes, d'étranges coiffures dernier cri et de châles brodés à faire pâlir les Castillanes. Le bar est pris d'assaut, des plateaux de cocktails se faufilent dans les jardins, l'air s'en imprègne peu à peu et résonne de petits cris, de petits rires, de mystérieux sous-entendus, de présentations oubliées sitôt faites, d'exclamations extasiées de femmes qui se croisent sans même savoir qui elles sont.

A mesure que la Terre se détache à regret du Soleil, l'éclat des lumières s'amplifie. L'orchestre joue des arrangements de musique brillante et légère et le concert des voix monte vers l'aigu. Les rires se font plus francs de minute en minute, jaillissent au moindre jeu de mots avec plus d'abandon. Les groupes changent plus vite, se gonflent au passage de nouveaux arrivants, se désagrègent et se reforment, en une même respiration — et déjà se détachent les téméraires, les femmes sûres d'elles-mêmes, qui louvoient çà et là, entre les îlots les plus stables et les mieux ancrés, y deviennent pour un temps très bref le centre d'une excitation joyeuse, puis, fières de leur triomphe, reprennent leur navigation, portées par le courant des voix, des couleurs, des visages, dans une lumière qui change sans cesse.

Brusquement, l'une de ces nomades, dans une irisation d'opale, happe un cocktail au vol, le vide d'un trait pour se donner du courage, et, remuant les mains comme Joë Frisco, se risque à danser seule sur l'une des bâches tendues. Une brève accalmie ; l'obligeance du chef d'orchestre qui consent à suivre son rythme ; une fausse rumeur qui grandit, affirmant que cette jeune personne est la doublure de Gilda Gray, star des Ziegfeld Follies. La soirée vient de commencer.

Je pense que le premier soir où je suis allé chez Gatsby, j'étais l'un des rares invités « officiels ». Les gens n'étaient pas invités — ils venaient d'eux-mêmes. Ils prenaient des voitures qui les conduisaient à Long Island et s'arrêtaient comme par hasard devant le portail de Gatsby. Là, il leur suffisait de connaître quelqu'un qui connaissait Gatsby, et ils étaient libres de faire ce qu'ils voulaient, à condition de respecter les règles de bienséance communes à tous les parcs d'attraction. Certains même arrivaient et repartaient sans avoir vu Gatsby et participaient à la fête avec une innocence de cœur qui leur tenait lieu de billet d'entrée.

J'ai donc été « officiellement » invité. Très tôt, ce samedi matin, un chauffeur en livrée œuf-de-rouge-gorge a traversé ma pelouse pour me remettre un pli étrangement cérémonieux de son patron — disant que ce serait un très grand honneur pour Gatsby si j'acceptais de me rendre à la « petite fête » qu'il donnait ce soir-là, qu'il m'avait aperçu de loin à plusieurs reprises, qu'il s'était toujours promis de me téléphoner, mais qu'un regrettable concours de circonstances l'en avait empêché jusqu'ici — et c'était signé d'un majestueux paraphe : Jay Gatsby.

Vêtu de flanelle blanche, j'ai traversé sa pelouse un peu après sept heures et j'ai affronté, mal à l'aise, les tangages et roulis d'une foule d'inconnus, d'où émergeait parfois un visage entrevu dans notre train de banlieue. J'ai été frappé, avant tout, par le nombre de jeunes Anglais qui se trouvaient là — tous très élégants, tous un peu affamés, et s'entretenant tous, d'une voix sourde, insistante, avec de solides Américains richissimes. J'étais sûr qu'ils cherchaient tous à vendre quelque chose : actions, voitures, contrats d'assurance. En fait, ils sentaient jusqu'au vertige l'odeur d'argent frais qui embaumait les environs, et se persuadaient qu'en prononçant quelques mots clefs sur le ton voulu, ils n'auraient aucun mal à s'en emparer.

Dès mon arrivée, j'ai voulu rencontrer mon hôte, mais les deux ou trois personnes que j'ai interrogées m'ont regardé avec un tel effarement et répondu avec une telle véhémence qu'elles ignoraient tout de ses faits et gestes, que j'ai amorcé un repli vers le bar — unique endroit où un homme seul avait le droit de s'attarder sans donner l'impression d'être abandonné ou perdu.

J'étais donc sur le point de m'offrir une cuite carabinée pour dissiper mon embarras, quand Jordan Baker est sortie de la maison, et s'est arrêtée sur le haut du perron, légèrement penchée en avant, pour inspecter les jardins avec une curiosité méprisante.

Au risque de l'importuner, j'éprouvais l'impérieux besoin de me raccrocher à quelqu'un pour pouvoir échanger quelques mots aimables avec des inconnus.

— Hello! ai-je crié, d'une voix beaucoup trop sonore en m'avançant vers elle.

— Ah! dit-elle, l'air absent, je pensais que vous seriez là. Vous m'avez dit que vous étiez voisin de…

Elle me serra la main machinalement, comme pour m'assurer qu'elle allait s'occuper de moi dans une petite minute, et tendit l'oreille vers deux jeunes femmes, habillées de jaune comme des jumelles, arrêtées au bas du perron.

— Hello! crièrent-elles d'une seule voix. Dommage que vous ayez perdu.

Elles voulaient parler du tournoi de golf. Jordan avait été éliminée en finale la semaine précédente.

— Vous ne nous reconnaissez pas, ajouta l'une des deux femmes en jaune, mais on s'est rencontrées ici il y a un mois.

— Vous avez dû vous teindre les cheveux entre-temps, répondit Jordan sur un ton qui me fit sursauter, mais les jumelles s'éloignaient déjà, et la phrase parut s'adresser à la lune montante, apportée de toute évidence avec le dîner dans les paniers du traiteur. Le bras mince et bronzé de Jordan posé sur le mien, nous avons descendu les marches, pour flâner à travers les jardins. Un plateau de cocktails naviguera vers nous dans le crépuscule et nous avons pris place à une table, où se trouvaient les deux jeunes femmes en jaune, et trois messieurs qui se présentèrent tous trois comme Mr Mum-um. Jordan se tourna vers sa voisine.

— Vous venez là souvent ?

— La dernière fois, c'est quand on s'est rencontrées, répondit-elle d'une voix rapide et complice. Pareil pour toi, hein, Lucille ?

C'était pareil pour Lucille, qui enchaîna :

— J'adore venir ici. Je fais n'importe quoi et je m'amuse toujours beaucoup. La dernière fois, ma robe s'est déchirée contre une chaise, il m'a demandé mon nom, mon adresse, et dans la semaine on m'a livré un carton de chez Croisier, avec une robe du soir toute neuve.

— Vous l'avez acceptée ? demanda Jordan.

— Et comment ! Je voulais la mettre ce soir, mais le corsage bâille un peu, il faut le reprendre. Bleu pétrole, avec des perles bleu lavande. Deux cent soixante-cinq dollars.

— Quand même, dit la première jumelle d'un ton pénétré, un homme qui agit comme ça, c'est bizarre. Il veut éviter les problèmes avec *qui que ce soit*, ça saute aux yeux.

— De qui parlez-vous ? demandai-je.

— De Gatsby. Quelqu'un m'a dit…

Elles se penchèrent l'une vers l'autre, imitées par Jordan.

— Quelqu'un m'a dit qu'on le soupçonne d'avoir tué un homme.

Un même frisson nous parcourut, et le trio Mum-um se pencha à son tour pour écouter. Lucille affichait une petite moue sceptique.

— *Ça*, ça va trop loin, à mon avis. C'est plutôt que pendant la guerre il était espion allemand.

L'un des Mum-um hocha la tête pour confirmer l'information.

— Celui qui me l'a dit le connaît très bien, car ils ont grandi ensemble en Allemagne.

— Oh ! impossible que ce soit ça, intervint la première jumelle. Pendant la guerre, il servait dans l'armée américaine.

Nous sentant prêts à basculer de son côté, elle se pencha davantage, et murmura avec passion :

— Observez-le bien, l'air de rien, quand il croit que personne ne le regarde. Ma main à couper qu'il a tué un homme.

Elle frissonna en plissant les yeux. Lucille frissonna. Et d'un même mouvement de têtes, nous avons cherché à apercevoir Gatsby. Que des gens, qui baissaient rarement la voix pour s'entretenir des choses de ce monde, la baissent d'instinct en parlant de lui, prouve à quel point le personnage se prêtait aux spéculations les plus romanesques.

On annonça le premier dîner — un second devait être servi à minuit — et Jordan m'invita à rejoindre les amis qui l'accompagnaient, et occupaient une table de l'autre côté des jardins. Il y avait là trois couples légitimes, et le cavalier de Jordan, un étudiant prolongé, expert en sous-entendus sardoniques, et apparemment persuadé que Jordan finirait, tôt ou tard, par lui sacrifier tout ou partie d'elle-même. Loin d'être hétéroclite, ce groupe affichait au contraire une remarquable cohérence, et se présentait comme le symbole de l'aristocratie locale — East Egg condescendant à visiter West Egg, mais observant la plus extrême réserve quant à l'analyse spectrale de ses divertissements.

— Partons, murmura Jordan, après une demi-heure d'efforts aussi vains qu'épuisants. C'est trop collet monté pour moi.

Elle se leva en expliquant que nous allions à la recherche de notre hôte, que je ne l'avais pas encore rencontré et que ça me mettait mal à l'aise. L'étudiant eut un petit hochement de tête cynique et navré.

Le bar, que nous avons inspecté d'abord, regorgeait de monde, mais Gatsby ne s'y trouvait pas. Il n'était pas davantage sur le perron ni dans la véranda. Nous avons poussé à tout hasard une porte imposante, et nous nous sommes trouvés dans une vaste bibliothèque, style gothique anglais, décorée de panneaux en chêne sculpté, transportés sans doute, un à un, de quelque manoir en ruines du Vieux Continent.

Un homme bedonnant, dans la cinquantaine, le nez chaussé d'énormes lunettes qui lui donnaient un regard de hibou, était assis, manifestement ivre, sur le coin d'une longue table et regardait les rayonnages avec une application chancelante. Il fit un brusque demi-tour en nous entendant, et toisa Jordan des pieds à la tête.

— Ça vous dit quoi? demanda-t-il à brûle-pourpoint.

— Quoi ?

— Tout ça.

Il agita la main en direction des rayonnages.

— Pas la peine d'aller vérifier, faites-moi confiance. J'ai vérifié. Ils sont vrais.

— Les livres ?

Il hocha le menton.

— Tout ce qu'il y a de plus vrai. Avec des pages, et tout. J'ai cru que c'était du trompe-l'œil, de fausses reliures en carton. Mais c'est du vrai, faites-moi confiance. Avec des pages, et... Attendez. Je vous montre.

Persuadé que nous étions d'un scepticisme irréductible, il plongea vers l'un des rayonnages, et sortit le tome I des *Stoddard Lectures*.

— Regardez ! s'écria-t-il avec jubilation. C'est imprimé, c'est authentique. Il m'a eu. Cet homme-là, c'est un grand metteur en scène. Digne de notre Belasko de Broadway. Un triomphe. Quelle conscience professionnelle ! Quel réalisme ! On sait même où il faut s'arrêter. Aux pages qui ne sont pas coupées. Vous cherchez quoi, au fait ? Vous espérez quoi ?

Il me reprit le livre et le remit en place, en murmurant qu'une seule brique enlevée pouvait faire s'effondrer l'ensemble.

— Qui vous a amenés ? demanda-t-il. Personne, peut-être ? Moi, j'ai été amené par quelqu'un. La plupart des gens sont amenés par quelqu'un.

Jordan l'observait sans répondre, avec un vif plaisir.

— J'ai été amené par une femme qui s'appelle Roosevelt. Mrs Claud Roosevelt. Vous connaissez ? Je l'ai rencontrée quelque part, la nuit dernière. Ça fait une semaine que je suis ivre, alors, pour cuver tranquille, j'ai pensé que m'enfermer dans une bibliothèque, ça aiderait.

— Ça aide ?

— Ça a l'air. Mais c'est un peu tôt pour savoir. Ça fait une heure que je suis là. Je vous ai dit pour les livres ? Ils sont…

— Vous nous avez dit.

Nous lui avons serré la main avec componction, et nous sommes sortis.

On dansait maintenant sur les bâches tendues en travers des pelouses. De vieux messieurs poussaient devant eux des jeunes filles, et leur faisaient décrire à reculons de petits cercles maladroits. Des couples plus experts s'étreignaient dans des figures acrobatiques et cherchaient des coins d'ombre — et beaucoup de femmes seules ne dansaient qu'avec elles-mêmes, ou permettaient aux musiciens de s'offrir une petite pause, en grattant le banjo à leur place ou en frappant sur les cymbales. A minuit, le plaisir était à son comble. Un ténor en vogue avait chanté en italien, et une célèbre contralto avait chanté un air de jazz. Entre les numéros, les gens se livraient dans les jardins à toute sorte de « facéties », et d'énormes vagues de rires puérils et béats jaillissaient vers le ciel d'été. Deux actrices « jumelles » — qui se trouvaient être nos femmes en jaune — interprétèrent une saynète, déguisées en nourrissons, on servait le champagne dans des coupes plus grandes que des rince-doigts, et la lune à son apogée dessinait sur les eaux du détroit une mince échelle d'argent, qui tremblait doucement au rythme aigrelet des banjos.

Je n'avais pas quitté Jordan Baker. Nous étions assis à une table, avec un homme qui devait avoir à peu près mon âge, et une petite personne pétulante qui s'étranglait de rire à la moindre occasion. Je m'amusais enfin. J'avais vidé deux rince-doigts de champagne, et la soirée s'était transformée à mes yeux en quelque chose d'imposant, d'essentiel, d'exemplaire.

Profitant d'un instant de calme, l'inconnu me regarda en souriant.

— Votre visage me dit quelque chose. N'étiez-vous pas dans la Troisième Division, pendant la guerre ?

— Exact. Au Neuvième Bataillon d'artillerie.

— Moi, au Septième d'infanterie, jusqu'en juin 18. J'étais sûr de vous avoir déjà vu.

Nous avons évoqué, pendant un moment, quelques villages de France, pluvieux et grisâtres. Sans doute habitait-il les environs, car il m'apprit qu'il venait d'acheter un hydravion et qu'il comptait l'essayer le lendemain matin.

— Voulez-vous l'essayer avec moi, cher vieux ? Juste un petit tour au-dessus du détroit, sans nous éloigner du rivage.

— A quelle heure ?

— Celle qui vous convient.

J'allais lui demander son nom, quand Jordan se tourna vers moi en souriant.

— Vous vous sentez mieux, maintenant ?

— Beaucoup mieux.

Et j'expliquai à celui dont je venais de faire la connaissance :

— C'est une soirée très étrange pour moi. Je n'ai pas encore rencontré mon hôte. J'habite tout près…

J'agitai la main en direction de la haie invisible qui nous séparait.

— … et ce Gatsby m'a fait porter une invitation par son chauffeur.

Il me regarda un instant, comme s'il n'était pas sûr d'avoir compris, et brusquement :

— Gatsby, c'est moi.

— Vous ? Oh ! je vous demande pardon.

— Je croyais que vous le saviez, cher vieux. J'ai l'impression d'être un bien mauvais maître de maison.

Il me sourit avec une sorte de complicité — qui allait au-delà de la complicité. L'un de ces sourires singuliers qu'on ne rencontre que cinq ou six fois dans une vie, et qui vous rassure à jamais. Qui, après avoir jaugé — ou feint peut-être de jauger — le genre humain dans son ensemble, choisit de s'adresser à *vous*, poussé par un irrésistible préjugé favorable à votre égard. Qui vous comprend dans la mesure exacte où vous souhaitez qu'on vous comprenne, qui croit en vous comme vous aimeriez croire en vous-même, qui vous assure que l'impression que vous donnez est celle que vous souhaitez donner, celle d'être au meilleur de vous-même. Arrivé là, son sourire s'effaça — et je n'eus devant moi qu'un homme encore jeune, dans les trente à trente-deux ans, élégant mais un rien balourd, dont le langage policé frisait parfois le ridicule. Avant même de savoir qui il était, j'avais été surpris du soin avec lequel il choisissait ses mots.

A l'instant où Mr Gatsby se révélait ainsi à moi, un majordome arriva en courant pour le prévenir qu'il avait Chicago au bout du fil. Il s'excusa d'un bref signe de tête qui s'adressait à chacun de nous.

— Quoi que vous désiriez, demandez-le, cher vieux, me recommanda-t-il. Pardonnez-moi. Je reviens.

Il s'éloigna, et je me tournai vers Jordan, incapable de dissimuler plus longtemps mon étonnement. Mr Gatsby, pour moi, ne pouvait être qu'un quinquagénaire corpulent et couperosé.

— Qui est-ce ? Le connaissez-vous ?

— C'est quelqu'un qui s'appelle Gatsby, sans plus.

— Je veux dire : d'où vient-il ? Qu'est-il censé faire ?

Elle eut un sourire un peu las.

— Alors, *vous aussi*, vous vous y mettez ? Soit. Il m'a dit un jour qu'il sortait d'Oxford.

C'était une première esquisse d'arrière-plan, que la phrase suivante effaça aussitôt.

— De toute façon, je n'y crois pas.

— Pourquoi ?

— Je n'en sais rien. Je ne pense pas qu'il y ait été, voilà tout.

Quelque chose, dans le ton de sa voix, me rappelait la réflexion de la jeune femme en jaune — « Pour moi, il a tué un homme » — et piquait ma curiosité. Si l'on m'avait dit que Gatsby sortait des marais de Louisiane ou des quartiers malfamés d'East Side, à New York, je l'aurais cru sans hésiter. C'était tout à fait plausible. Mais les jeunes gens ne pouvaient pas — c'est du moins ce que j'estimais, dans ma naïveté provinciale — surgir tranquillement de nulle part et s'offrir un palais sur le détroit de Long Island.

— Quoi qu'il en soit, il attire beaucoup de monde, reprit Jordan, pour parler d'autre chose, avec cette horreur du concret qu'elle tenait de son éducation. Je préfère ces soirées-là. Elles sont plus intimes. Quand vous n'êtes qu'une poignée d'invités, l'intimité est impossible.

On entendit un roulement de timbales et la voix du chef d'orchestre domina le tohu-bohu des jardins.

— Mesdames et messieurs, à la demande expresse de Mr Gatsby, nous allons vous jouer la toute dernière composition de Mr Vladimir Tostoff, qui a été très remarquée à Carnegie Hall en mai dernier. Ceux d'entre vous qui lisent les journaux savent à quel point elle a fait du bruit.

Il sourit avec condescendance et ajouta :

— Pour du bruit, elle a fait du bruit !

Après un éclat de rire général, il conclut avec force :

— L'œuvre s'intitule : « Histoire du Monde racontée par le Jazz selon Vladimir Tostoff ».

L'intérêt que pouvait présenter cette œuvre de Mr Tostoff m'échappa complètement, car dès les premières mesures j'aperçus Gatsby sur la dernière marche de son perron. Il était seul, et son regard errait avec plaisir d'un groupe à l'autre. Sa peau, hâlée par le soleil, épousait son visage à la perfection et sa coupe de cheveux laissait penser que son coiffeur venait le voir chaque matin. Rien en lui ne me paraissait inquiétant. Je me suis demandé si le fait qu'il ne buvait pas l'aidait à se distinguer de ses hôtes, car plus la fête se débridait plus il gagnait en dignité. Aux derniers accents de « L'Histoire du Monde racontée par le Jazz », certaines jeunes femmes appuyaient tendrement leurs museaux sur l'épaule de certains messieurs, comme de petites chiennes familières, d'autres s'amusaient à s'évanouir dans les bras de leur cavalier, mais aucune ne s'abandonnait dans les bras de Gatsby, aucune nuque rasée à la garçonne ne se frottait contre son cou, aucun quatuor qui s'improvisait ne le cherchait comme partenaire.

— Pardonnez-moi.

Le majordome de Gatsby apparut soudain devant nous.

— Miss Baker ? Pardonnez-moi. Mr Gatsby voudrait vous parler seule à seul.

— A moi ?

Elle semblait surprise.

— A vous, Miss Baker.

Elle se leva lentement, me regarda avec étonnement en haussant les sourcils, et suivit le majordome. Je remarquai qu'elle portait sa robe du soir, et toutes ses autres robes, comme autant de tenues de sport — il y avait une telle aisance dans sa démarche qu'elle avait dû faire ses premiers pas sur un terrain de golf, dans de petits matins lumineux et craquants.

J'étais seul et il devait être environ deux heures. Depuis un moment, des bruits difficiles à identifier arrivaient d'une grande pièce aux fenêtres ouvertes, qui donnait sur la véranda. Evitant de justesse le cavalier de Jordan, plongé dans une discussion d'obstétrique avec deux chorus-girls et qui insistait pour que je les rejoigne, j'entrai dans la pièce.

Il y avait foule. L'une des jeunes femmes en jaune jouait du piano. Une créature à cheveux roux, appartenant à la troupe d'un music-hall célèbre, était debout près d'elle, et elle chantait. Elle avait bu beaucoup de champagne, et pendant sa chanson, elle avait décidé, sans raison apparente, que tout était triste, très, très triste — si bien qu'en chantant, elle pleurait. A chaque pause de la musique, elle laissait échapper un sanglot étouffé, reprenait sa respiration, et enchaînait d'une voix chevrotante de soprano. Les larmes coulaient le long de ses joues — mais avec une certaine difficulté, car en abordant la frange outrageusement fardée des cils elles prenaient une couleur d'encre, et continuaient leur chemin sous forme de lignes noirâtres. Quelqu'un ayant fait remarquer en riant qu'elle pourrait ainsi lire la partition sur son visage, elle leva les mains, s'effondra sur une chaise, et sombra aussitôt dans un lourd sommeil éthylique.

— Elle s'est disputée avec l'homme qui se fait passer pour son mari, expliqua une jeune fille derrière moi.

Je tournai la tête. Beaucoup d'autres femmes dans la pièce se disputaient avec des hommes qui se faisaient passer pour leurs maris. Les amis de Jordan eux-mêmes n'échappaient pas à ce genre d'affrontements. L'un des maris parlait à une jeune comédienne avec une volubilité suspecte, et son épouse légitime, après avoir feint de trouver la situation amusante en se drapant dans sa dignité, perdit soudain tout contrôle d'elle-même et attaqua l'ennemi sur son flanc — elle surgissait de temps en temps, toutes pointes dehors comme un diamant furieux, et lui sifflait à l'oreille : « Tu m'avais promis ! »

Cette réticence à rentrer chez soi n'était pas l'apanage des époux. Deux d'entre eux, qui n'avaient rien bu, attendaient au milieu du hall, près de leurs épouses indignées. Elles s'apitoyaient mutuellement sur leur sort d'une voix plutôt stridente.

— C'est toujours la même chose ! Dès qu'il voit que je m'amuse, il veut s'en aller.

— Egoïste à ce point, je n'ai jamais vu ça !

— Nous sommes toujours les premiers à partir.

— Nous aussi.

— Permettez, objecta timidement l'un des époux, mais ce soir, nous sommes parmi les derniers. L'orchestre a plié bagage depuis plus d'une demi-heure.

Les épouses eurent beau protester qu'une telle agression dépassait les bornes, elles se trouvèrent engagées dans un bref corps à corps, soulevées de terre et emportées, toutes gigotantes, dans la nuit.

Pendant que j'attendais mon chapeau au vestiaire, la porte de la bibliothèque s'ouvrit, et Gatsby en sortit avec Jordan. Il terminait une phrase sur un ton véhément, mais il se reprit aussitôt, car plusieurs personnes s'approchaient pour lui dire bonsoir.

Les amis de Jordan l'appelaient avec impatience. Elle s'attarda pourtant à me serrer la main.

— Je viens d'entendre la chose la plus incroyable du monde, murmura-t-elle. Combien de temps sommes-nous restés enfermés là ?

— Une heure, peut-être.

— Incroyable... tout simplement incroyable..., répétait-elle, l'air rêveur. Mais j'ai promis de ne rien dire, et je suis en train d'éveiller votre curiosité.

Elle me bâilla au nez avec une grâce charmante.

— Venez me voir, soyez gentil... Suis dans l'annuaire... A Mrs Sigourney Howard... C'est le nom de ma tante.

Elle s'éloignait en parlant — et m'adressa un dernier geste d'adieu désinvolte au moment où elle rejoignait ses amis à la porte.

Un peu confus de m'être attardé, pour un premier soir, j'ai rejoint les derniers invités qui entouraient Gatsby. Je tenais à lui expliquer que je l'avais cherché dès mon arrivée et à m'excuser de ne pas l'avoir reconnu dans le jardin.

— N'y pensez plus, cher vieux. N'en parlons plus.

Ni cette expression familière, ni la façon dont il m'a touché l'épaule pour me rassurer, n'impliquait de sa part la moindre familiarité.

— Et n'oubliez pas les essais d'hydravion. Demain matin, neuf heures.

De nouveau, le majordome derrière lui.

— Philadelphie au téléphone.

— Une minute. J'arrive. Dites que j'arrive. Bonsoir.

— Bonsoir.

Il sourit.

— Oui, bonsoir.

Et c'était soudain comme s'il m'approuvait d'être resté si tard, comme s'il l'avait espéré, attendu.

— Bonsoir, cher vieux. Bonne nuit.

Mais, en descendant le perron, j'ai compris que la nuit n'était pas encore terminée. A cinquante pas du portail, une douzaine de phares de voitures étaient braqués, comme des projecteurs, sur un spectacle étrange et cacophonique. Un coupé de sport flambant neuf, qui sortait à peine de chez Gatsby, reposait dans l'un des fossés de la route. Il ne s'était pas renversé, mais l'une de ses roues s'était détachée. L'arête d'un mur expliquait sans doute le comportement de cette roue, qu'une demi-douzaine de conducteurs regardaient avec effarement. Comme ils avaient abandonné leurs voitures et bloquaient la circulation, un concert de klaxons s'élevait par vagues furieuses et ne faisait qu'ajouter au désordre.

Un homme vêtu d'un long cache-poussière était descendu du coupé, et se tenait au milieu de la route. Son regard allait de la voiture à la roue, et de la roue à ceux qui l'entouraient, avec une stupeur amusée.

— Vous avez vu ? On s'est trouvés dans le fossé.

Ce qui lui paraissait totalement incroyable — et je reconnus d'abord la qualité inhabituelle de cette incrédulité, avant d'identifier l'homme : c'était l'ermite qui « cuvait tranquille » dans la bibliothèque de Gatsby.

— C'est arrivé comment ?

Il haussa les épaules.

— J'ignore tout de la mécanique.

— D'accord, mais c'est arrivé comment ? Vous êtes rentré dans le mur ?

— Ne me demandez rien, répondit « Œil-de-Hibou », qui se lavait les mains de l'affaire. Je sais à peine conduire. Pas du tout, en fait. Je ne peux dire qu'une chose : c'est arrivé.

— Si vous n'êtes pas bon conducteur, vous ne devriez pas essayer de conduire la nuit.

— Mais je n'ai pas essayé !

Il semblait furieux.

— Je n'ai même pas essayé de conduire !

Les spectateurs poussèrent un soupir terrifié.

— Vous cherchiez à vous suicider ?

— Vous avez de la chance que ce soit juste une roue ! Mauvais conducteur, et il n'*essaie* même pas de conduire…

— Vous ne comprenez pas, finit par expliquer l'accusé. Ce n'est pas moi qui conduisais. Il y a un autre homme dans la voiture.

Cette révélation fut accueillie par un « Ah-h-h ! » prolongé, tandis que la portière du coupé commençait à s'entrebâiller. La foule — car c'était devenu une foule — recula d'instinct, et la portière acheva de s'ouvrir dans un silence d'outre-tombe. Puis, peu à peu, morceau par morceau, un personnage hagard et titubant émergea de l'épave, en explorant le sol de sa longue chaussure vernie.

Aveuglé par les phares, terrifié par le hurlement des klaxons, le spectre resta hébété un moment, avant d'identifier l'homme au cache-poussière.

— Que se passe-t-il? demanda-t-il avec le plus grand calme. Panne d'essence?

— Regardez!

Une demi-douzaine d'index se pointèrent d'un même élan vers la roue amputée — qu'il examina un moment, avant d'interroger le ciel, comme s'il la soupçonnait d'être un météorite.

— Elle est partie, expliqua quelqu'un.

Il hocha la tête.

— Je n'ai pas compris tout de suite qu'on était arrêtés.

Un silence. Puis, prenant une longue inspiration et redressant les épaules, il demanda d'une voix ferme :

— Quelqu'un peut-il me dire s'il y a une station d'essence dans les parages?

Une douzaine d'hommes, dont certains n'avaient pas atteint un stade d'ébriété équivalent au sien, réussirent à lui faire comprendre qu'il n'existait plus aucun lien physique entre sa voiture et la roue.

— On pourrait alors reculer, finit-il par suggérer. Si on faisait une marche arrière?

— Mais la *roue* est partie!

Il parut hésiter.

— Essayons quand même.

La violence des klaxons avait atteint son paroxysme, et j'ai traversé la pelouse pour rentrer chez moi. Je me suis retourné une dernière fois. La lune, ronde et blême comme une hostie, surmontait la demeure de Gatsby et ses jardins encore illuminés, et rendait à la nuit sa pureté intacte, que les rires et les clameurs qui s'étaient élevés vers elle n'avaient pas réussi à corrompre. Une solitude brutale semblait sourdre des portes et des hautes fenêtres, nimbant d'un halo de vide absolu la silhouette du maître de maison, immobile sur son perron, la main levée en un geste d'adieu de pure forme.

Je m'aperçois, en relisant ce qui précède, que je donne l'impression de m'être intéressé aux seuls incidents de ces trois soirées séparées l'une de l'autre par plusieurs semaines d'intervalle. Ils n'ont été, au contraire, que des incidents de hasard au cours d'un été extrêmement rempli et m'ont beaucoup moins intéressé, les premiers temps du moins, que mes propres affaires.

Je travaillais d'arrache-pied. Très tôt, chaque matin, le soleil tirait mon ombre devant moi en direction de l'Ouest, tandis que je courais vers mon bureau à travers les blanches tranchées de Wall Street. Je connaissais par leur prénom tous les clercs de l'agence et les jeunes courtiers. Nous déjeunions d'une petite saucisse-pommes-purée et d'un café dans la pénombre de restaurants surpeuplés. J'ai même noué une vague idylle avec l'une de nos jeunes comptables, qui habitait Jersey City, mais son frère me jetait des regards sournois, et quand elle a pris ses vacances en juillet, j'ai laissé l'histoire s'éteindre d'elle-même.

Je dînais le plus souvent au Yale Club — ce qui était, je ne sais pourquoi, le moment le plus maussade de ma journée — puis je montais jusqu'à la bibliothèque et potassais consciencieusement pendant une heure les problèmes d'assurance et de placements boursiers. Il y avait souvent dans les environs une bande de joyeux chahuteurs, mais ils n'entraient jamais à la bibliothèque et c'était un endroit idéal pour travailler. Ensuite, si la nuit était douce, je flânais dans Madison Avenue, longeais le vieux Murray Hill Hotel et tournais dans la 33e Rue jusqu'à Pennsylvania Station.

Je commençais à aimer New York, le côté incisif, hasardeux qu'elle prend la nuit, le plaisir que le va-et-vient incessant des hommes, des femmes et des voitures procure à l'œil constamment aux aguets. J'aimais remonter la Cinquième Avenue, isoler dans la foule de jeunes beautés romantiques, m'imaginer que je partageais leur vie pendant quelques minutes, et personne ne pouvait le savoir ni s'en offusquer. Parfois je les suivais en rêve jusqu'à leurs appartements, au carrefour de rues secrètes, et elles tournaient la tête et me souriaient avant de s'effacer derrière une porte dans l'obscurité rassurante. La féerie du crépuscule au-dessus de la métropole me donnait certains soirs un amer sentiment d'isolement, sentiment que je devinais chez d'autres que moi — jeunes clercs sans argent qui rôdaient devant les vitrines en attendant l'heure d'un dîner solitaire au restaurant — jeunes clercs dans la pénombre, gâchant à jamais les moments les plus bouleversants de la nuit, de la vie.

Vers huit heures, à hauteur des 40es Rues, quand les allées obscures se remplissaient du grondement des taxis qui se pressaient par rangs de cinq autour des théâtres, j'avais chaque soir le même coup au cœur. Des ombres se pressaient l'une contre l'autre au fond des voitures à l'arrêt, et des voix chantaient, et des rires saluaient de mystérieuses plaisanteries, et des points rouges de cigarettes soulignaient des gestes inexplicables. Je m'imaginais faire partie de ces gens-là, courant vers les mêmes plaisirs, partageant leur gaieté secrète, et je leur souhaitais d'être heureux.

Je n'ai eu aucun signe de vie de Jordan Baker pendant quelque temps, puis je l'ai revue au milieu de l'été. Au début, j'étais très flatté de sortir avec une championne de golf que tout le monde connaissait. Peu à peu, ce sentiment s'est transformé. Sans être encore amoureux d'elle, j'ai éprouvé à son égard une sorte de tendre intérêt. Le masque de lassitude hautaine qu'elle offrait au monde dissimulait quelque chose — un tel manque de naturel est souvent un signe de dissimulation, même s'il n'en est pas la cause première — et j'ai fini par découvrir ce que c'était. Nous avons été invités pour deux jours à Warwick en fin de semaine. Elle a emprunté une voiture qu'elle a laissée sous la pluie en oubliant de fermer la capote, et elle s'en est tirée par un mensonge. Brusquement, je me suis souvenu de l'histoire qui la concernait et dont j'avais oublié le détail lors de la soirée chez Daisy. Au cours du premier tournoi important auquel elle participait un bruit avait couru, que la presse avait été sur le point de reprendre — elle aurait légèrement poussé sa balle qui était mal placée, pendant la demi-finale. L'histoire menaçait de tourner au scandale — et tout s'était calmé. Un caddie était revenu sur sa déposition, et l'unique témoin avait fini par reconnaître qu'il s'était peut-être trompé.

Mais dans ma mémoire l'incident et le nom restaient intimement liés.

Jordan Baker évitait d'instinct les gens lucides et perspicaces, et je comprenais maintenant pourquoi. Elle ne se sentait en sécurité que dans les milieux où le moindre manquement au code de l'honneur était impensable. Elle était incurablement malhonnête. Elle ne supportait pas d'être mise en échec et, pour compenser cette fragilité, je pense qu'elle s'était exercée à mentir dès son plus jeune âge, afin de présenter au monde un sourire d'insolence glaciale tout en cédant aux exigences de son tempérament avide et cynique.

Ce qui n'a rien changé pour moi. On ne peut pas en vouloir sérieusement à une femme d'être malhonnête. J'en ai été triste un moment et n'y ai plus pensé. C'est au cours de ce même séjour à Warwick que se place une étrange conversation concernant la conduite des voitures. Elle avait frôlé de si près une équipe d'ouvriers que l'un d'eux avait eu un bouton arraché par notre pare-chocs. J'ai protesté.

— Vous êtes un danger public ! Essayez d'être plus prudente ou arrêtez-vous de conduire.

— Je suis très prudente.

— Absolument pas.

— Les autres le sont, dit-elle avec insouciance.

— Et alors ? Ça n'a rien à voir.

— Ils m'évitent, m'expliqua-t-elle. Pour un accident, il faut être deux.

— Supposez que vous tombiez un jour sur quelqu'un d'aussi imprudent que vous ?

— J'espère que ça n'arrivera pas. Je déteste les imprudents. C'est pour ça que vous me plaisez.

Ses yeux gris, brûlés de soleil, restaient fixés sur la route, mais de sa propre initiative elle venait de modifier nos relations, et pendant un moment j'ai cru que je l'aimais. Je suis pourtant quelqu'un qui réfléchit longtemps, et je suis encombré d'interdits personnels qui m'obligent à freiner mes instincts. J'en ai conclu qu'il fallait d'abord me libérer définitivement de ce qui m'attachait à ma ville natale. J'écrivais une fois par semaine, je signais mes lettres : « Love, Nick », et je n'avais pas d'autre image que celle d'une petite moustache de transpiration qui ornait la lèvre supérieure d'une certaine jeune fille lorsqu'elle jouait au tennis. Il n'en existait pas moins une sorte d'accord implicite que je devais rompre avec élégance avant d'être libre.

Chacun se flatte de posséder en propre l'une au moins des vertus cardinales. Voici la mienne : je suis l'un des très rares hommes foncièrement honnêtes que je connaisse.

IV

Chaque dimanche matin, à l'heure où les cloches des églises carillonnaient à toute volée dans les villages du bord de mer, une faune des plus disparates se retrouvait chez Gatsby et s'ébattait sur ses pelouses.

— C'est un *bootlegger*, affirmaient les jeunes femmes qui évoluaient entre ses cocktails et ses fleurs. Le type qu'il a tué autrefois avait découvert qu'il était un neveu d'Hindenburg et le cousin germain du Diable. Sois gentil, loulou, attrape-moi donc une rose et verse encore une goutte dans c'te verre en cristal.

J'ai noté dans les marges d'un indicateur de chemin de fer le nom de ceux qui sont venus chez Gatsby, cet été-là. C'est un indicateur périmé, aux pages plus ou moins déchirées, et l'en-tête précise : « Horaires en date du 5 juillet 1922 », mais j'arrive encore à déchiffrer ces noms plus ou moins effacés, et ils vous donneront une idée beaucoup plus exacte que tous mes commentaires de ceux qui acceptaient l'hospitalité de Gatsby, et lui offraient en contrepartie le subtil hommage d'ignorer tout de lui.

De East Egg donc, sont venus les Chester Becker, les Leech, un certain Bunsen que j'avais connu à Yale, et le Dr Webster Civet, qui s'est noyé dans le Maine l'été dernier. Puis les Hornbeam, les Willie Voltaire, et toute une smala répondant au nom de Blackbuck, qui restait à l'écart, et levait un nez soupçonneux, à la manière des chèvres, dès qu'approchait quelqu'un. Je trouve ensuite les Ismay, les Chrystie (plus exactement Hubert Auerbach avec l'épouse de Mr Chrystie) et Edgar Beaver, dont les cheveux auraient blanchi comme de la ouate une après-midi d'hiver, sans raison valable.

Si ma mémoire est bonne, Clarence Endive appartenait à East Egg, lui aussi. Il n'est venu qu'une fois, en knickerbockers blancs, et s'est bagarré dans le jardin avec une sorte de clochard nommé Etty. De plus loin, sur Long Island, sont venus les Cheadle, les O.R.P. Shraeder, les Stonewall Jackson Abrams de Georgie, les Fishguard et les Ripley Snell. Snell a passé là les trois jours de sursis précédant son incarcération, tellement ivre dans l'allée du parking que la voiture de Mrs Ulysses Swett a roulé par mégarde sur sa main droite. Sont venus également les Dancie, S.B. Whitebait, qui avait largement dépassé la soixantaine, Maurice A. Flink, les Hammerhead, et Beluga, l'importateur de tabac, accompagné des demoiselles Beluga.

De West Egg, maintenant, sont venus les Pole, les Mulready, Cecil Roebuck et Cecil Schoen, Gulick, le sénateur d'Etat, Newton Orchid, le producteur des Films Par Excellence, ainsi que Clyde Cohen, Eckhaust, Don S. Schwartz (le fils) et Arthur McCarty, tous plus ou moins dans le cinéma. Puis les Catlip, les Bemberg, et G. Earl Muldoon — pas le Muldoon qui a étranglé sa femme plus tard : son frère. J'ai noté également Da Fontano, le promoteur, Ed Legros, De Jong, James B. Ferret (dit « la Bistouille ») et Ernest Lilly — ceux-là venaient essentiellement pour jouer, et lorsqu'on voyait Ferret déambuler dans les jardins, on savait qu'il venait d'être lessivé et que, pour le remettre à flot, les Transporteurs Associés auraient à trafiquer les cours dès le lendemain.

Un certain Klipspringer venait si souvent et restait si longtemps qu'on l'appelait « le pensionnaire » — je ne crois pas qu'il ait eu d'autre domicile attitré. Parmi les gens de théâtre : Guz Waise, Horace O'Donavan, Lester Myer, George Duckweed et Francis Bull. De New York également : les Chrome, les Backhysson, les Dennicker, Russel Betty, les Corrigan et les Kelleher, et les Dewar, et les Scully, et S.W. Belcher, et les Smirke, et les Quinn (les jeunes, aujourd'hui divorcés) et Henry Palmetto, qui s'est suicidé en se jetant sous une rame de métro à Times Square.

Benny McClenahan enfin, accompagné de quatre jeunes femmes, qui n'étaient jamais tout à fait les mêmes, mais se ressemblaient tellement qu'on croyait toujours les avoir déjà rencontrées. Je n'ai pas retenu leurs prénoms — Jaqueline, je crois, Consuela peut-être, ou Gloria, ou Judy, ou June. Quant à leurs noms de famille, ils avaient l'accent musical des noms de fleurs et de mois de l'année, ou celui plus austère de grands capitalistes américains, dont elles finissaient par admettre, pour peu qu'on les y pousse, qu'elles étaient de leur cousinage.

Pour que cette liste soit complète, ma mémoire me rappelle que Faustina O'Brien a dû venir au moins une fois, ainsi que les demoiselles Baedeker, le jeune Brewer, qui avait perdu son nez à la guerre, Mr Albrucksburger accompagné de Miss Haag, sa fiancée, Ardita Fitz-Peters accompagné de Mr P. Jewett, qui présida un temps l'American Legion, et Miss Claudia Hip, accompagnée d'un homme qu'elle présentait comme son chauffeur, et d'un Prince de Quelque Chose, qu'on appelait « le duc », et dont le nom, si tant est que je l'aie jamais su, m'échappe.

Tous ces gens sont venus chez Gatsby, cet été-là.

A neuf heures précises, un matin de la fin juillet, la superbe voiture de Gatsby remonta en cahotant le chemin défoncé qui conduisait chez moi et j'entendis, comme une bouffée musicale, les trois notes de son klaxon. J'avais déjà essayé son hydravion, participé à deux de ses soirées et, sur sa pressante insistance, profité largement de sa plage, mais c'était la première fois qu'il me rendait visite.

— Bonjour, cher vieux. Vous allez déjeuner avec moi aujourd'hui. J'ai donc pensé que nous pourrions faire route ensemble.

Il se tenait en équilibre sur l'un des marchepieds, avec cette parfaite aisance de mouvements qui est propre aux Américains — et s'explique en partie, je pense, par le fait que dans notre jeunesse nous ne portons jamais de trop lourds fardeaux, ne restons jamais assis le dos droit, mais surtout que nos jeux, tout de feintes et d'adaptation, exigent une extrême maîtrise des réflexes. Aussi grande pourtant que fût son aisance, elle n'arrivait pas à masquer une inquiétude sous-jacente. Il était incapable de rester immobile. Il avait toujours un pied qui battait contre quelque chose, une main qui s'ouvrait et se refermait avec impatience.

Il s'aperçut que sa voiture me fascinait.

— Jolie, non?

Il descendit du marchepied pour que je l'admire à mon aise.

— Vous ne la connaissiez pas?

Je la connaissais. Tout le monde la connaissait : d'un jaune crème intense, scintillant de tous ses nickels, enrichie sur sa prodigieuse longueur par le jubilant arrondi des cartons à chapeaux, des paniers de pique-nique, des boîtes à outils, et couronnée d'un labyrinthe de pare-brise en terrasses, où se reflétaient une douzaine de soleils. Abrités par plusieurs épaisseurs de vitres, comme dans une serre de cuir vert, nous sommes partis pour New York.

Je lui avais parlé cinq ou six fois au cours de ce mois de juillet, et découvert, à ma grande déception, qu'il n'avait presque rien à dire. Ma première impression s'était donc effacée peu à peu, et le mystérieux personnage d'envergure que j'avais imaginé n'était plus désormais qu'un simple voisin, propriétaire d'une Hostellerie de grand luxe.

Là-dessus, ce déconcertant voyage a eu lieu. Nous n'avions pas encore atteint West Egg Village que Gatsby renonçait à son langage policé et tambourinait nerveusement sur le genou de son pantalon caramel.

— Ecoutez, cher vieux, finit-il par dire, avec une véhémence inattendue, que pensez-vous de moi, là, franchement?

Pris au dépourvu, je crus m'en tirer par quelques généralités anodines, comme l'exige ce genre de situation, mais il m'interrompit.

— Bon, d'accord. Je vais vous apprendre deux ou trois choses. Je ne veux pas que vous ayez une fausse idée de moi à travers tout ce qu'on raconte.

Il était donc au fait des hypothèses abracadabrantes qui pimentaient la conversation de ses hôtes.

— Je vais vous apprendre l'exacte vérité de Dieu.

Il leva soudain la main droite pour intimer à la justice divine l'ordre d'être à l'écoute.

— Je suis le descendant de gens extrêmement riches du Middle West — tous morts aujourd'hui. J'ai grandi en Amérique, mais j'ai fait mes études à Oxford, comme tous mes ancêtres, depuis toujours. C'est une tradition chez nous.

Il m'observait du coin de l'œil — et je compris pourquoi Jordan Baker était convaincue qu'il mentait. Ces mots : « J'ai fait mes études à Oxford », il les avait comme estompés, comme avalés, parce qu'ils lui brûlaient la gorge peut-être, ou qu'il s'était déjà senti mal à l'aise en les prononçant. Du moment que je mettais ses explications en doute, elles s'effondraient d'elles-mêmes, et j'ai été jusqu'à le soupçonner d'être un peu déplaisant, au fond.

— Quelle région du Middle West ? ai-je demandé l'air de rien.

— San Francisco.

— Je vois.

— Toute ma famille est morte, et j'ai hérité d'une immense fortune.

Sa voix était devenue solennelle, comme si le rappel de cette hécatombe le bouleversait encore. Je crus qu'il se payait ma tête, mais un coup d'œil suffit à me détromper.

— J'ai vécu ensuite comme un jeune radjah, dans les plus fastueuses métropoles d'Europe — Paris, Rome, Venise — collectionnant les pierres précieuses, les rubis en priorité, chassant le gros gibier, peignant un peu, de petites toiles pour mon plaisir, et cherchant à oublier quelque chose d'infiniment triste qui m'était arrivé auparavant.

Je retins à grand-peine un éclat de rire incrédule. Cette succession de clichés n'évoquait pour moi qu'un « polichinelle » en turban, coursant le tigre au bois de Boulogne, et perdant sa sciure par tous ses pores.

— Arrive la guerre, cher vieux. Un soulagement pour moi. J'ai tout fait pour être tué, mais ma vie semblait protégée par un charme. J'avais le grade de capitaine. Dans la forêt d'Argonne, j'ai poussé deux détachements d'artillerie très en avant des lignes, et nos obus avaient creusé autour de nous de si profonds entonnoirs, sur plus d'un demi-*mile*, que l'infanterie ne pouvait plus se déployer. Nous avons tenu deux jours et deux nuits, cent trente hommes, seize fusils-mitrailleurs, et quand les fantassins nous ont enfin rejoints, ils ont identifié, sur cet entassement de cadavres, les insignes de trois divisions allemandes. J'ai été promu commandant, et décoré par tous les états-majors alliés, y compris le Monténégro — oui, le petit Monténégro, sur la côte adriatique.

Le petit Monténégro ! Il avait détaché ces trois mots, en les saluant d'un signe de tête — et il avait souri. Un sourire qui rendait hommage au soulèvement des

Monténégrins et fraternisait avec leur courage. Qui savait très exactement à la suite de quelles circonstances nationales le cœur fervent de ce petit Monténégro avait été soumis à une telle épreuve. Mon scepticisme se trouva alors balayé par une sorte de fascination. J'avais l'impression de feuilleter en toute hâte des douzaines de journaux illustrés.

Il fouilla l'une de ses poches, et quelque chose de métallique, assorti d'un ruban, me tomba dans la main.

— Voilà la médaille du Monténégro.

A mon grand étonnement, l'objet paraissait authentique. Les mots : *Orderi di Danilo* étaient gravés sur le pourtour. *Montenegro-Nicolas Rex.*

— Retournez-la.

Je lus :

« *Major Jay Gatsby. Pour son exceptionnel courage.* »

— Ceci non plus ne me quitte jamais. C'est un souvenir des années d'Oxford, pris dans la cour du Trinity College. Le garçon, à ma gauche, est aujourd'hui comte de Doncaster.

La photographie représentait une demi-douzaine de jeunes gens en blazer, groupés sous un porche au-delà duquel on apercevait une forêt de tourelles. Le Gatsby que je reconnus semblait plus jeune, mais à peine. Il tenait une batte de cricket.

Ainsi tout était vrai. Je vis les peaux de tigre flamboyer dans son palais, sur le Grand Canal. Je le vis ouvrir un écrin de rubis, et demander à leurs reflets de braise pourpre d'apaiser les blessures de son cœur.

Il remit ces souvenirs dans sa poche avec une évidente satisfaction.

— Comme j'ai quelque chose de très important à vous demander aujourd'hui, j'estime que vous êtes en droit de me connaître un peu mieux. Je ne veux pas que vous me preniez pour n'importe qui. Si je suis toujours entouré d'inconnus, c'est que j'erre d'un endroit à l'autre, pour tenter d'oublier ce qui m'est arrivé de si triste.

Après une courte hésitation :

— Vous en saurez davantage tout à l'heure.

— Au déjeuner ?

— Non. Cette après-midi. J'ai appris que vous retrouviez Miss Baker pour le thé.

— Dois-je comprendre que vous êtes amoureux de Miss Baker ?

— Absolument pas, cher vieux ! Mais Miss Baker a très aimablement accepté de vous parler de cette affaire.

Je n'avais pas la moindre idée de cette « affaire », mais je me sentais plus agacé qu'intéressé. Je n'avais pas invité Jordan à prendre le thé pour discuter de Mr Jay Gatsby. J'étais certain que sa demande relevait de la plus haute fantaisie, et je m'en suis voulu un instant d'avoir jamais posé le pied sur ses pelouses surpeuplées.

Il préféra s'en tenir là. Plus nous approchions de la ville, plus il reprenait ses distances. En dépassant Port Roosevelt, nous avons aperçu de grands cargos transatlantiques ceinturés de minium, puis nous avons longé un quartier de rues mal pavées, où l'or fané des années 1900 éclairait la pénombre de quelques bars encore ouverts, et quand nous nous sommes engouffrés dans la vallée de cendres, j'ai entrevu Mrs Wilson qui s'escrimait avec vigueur sur sa pompe à essence.

Les pare-chocs déployés comme deux ailes, nous avons survolé la moitié d'Astoria — la moitié seulement, car pendant que nous zigzaguions entre les piliers du métro aérien j'ai reconnu le « jug-jug-*spat* ! » d'une motocyclette, et la silhouette d'un policeman fou furieux est arrivée à notre hauteur.

— D'accord, cher vieux ! a crié Gatsby.

Nous avons ralenti. Il a sorti de son portefeuille une carte blanche et l'a agitée sous les yeux du motard, qui a tout de suite porté la main à son casque.

— Parfait, Mr Gatsby. La prochaine fois, je saurai que c'est vous. Pardonnez-*moi* !

— C'est quoi, cette carte ? ai-je demandé. La photographie d'Oxford ?

— J'ai rendu service autrefois au préfet de police et depuis, chaque année, pour Noël, il m'envoie ses vœux.

Puis le grand pont sur l'East River, le soleil entre les poutrelles, qui zébrait sans fin le toit des voitures, et la ville, sur l'autre rive, qui montait vers nous peu à peu, cet entassement blanc, ces hautes tours de sucre, comme un rêve de pureté où l'argent lui-même n'aurait plus d'odeur. Quand on la découvre de Queensboro Bridge, cette ville est toujours la ville du premier jour, dans son immédiate et violente promesse de renfermer tous les mystères et toute la beauté du monde.

Un mort nous a croisés, dans un corbillard couvert de fleurs, suivi de deux voitures aux stores baissés, et d'autres moins sévères, réservées aux amis. Ces amis nous ont regardés. Ils avaient les yeux tragiques d'Européens du Sud-Est, la lèvre supérieure très enfoncée, et j'ai été content que la superbe voiture de Gatsby les ait distraits un temps de leur funèbre voyage. Une limousine nous a croisés à Blackwell's Island. Conduite par un chauffeur blanc, elle était occupée par trois Noirs d'une tapageuse élégance — deux hommes et une femme — et leurs prunelles aux reflets jaunes nous ont dévisagés avec un tel défi hautain que je n'ai pas pu m'empêcher de rire.

« Maintenant que nous avons franchi ce pont, tout peut arriver, me suis-je dit. Absolument tout… »

Et même de Gatsby, sans qu'il faille s'en étonner.

Midi tapant. J'ai rejoint Gatsby dans un restaurant en sous-sol de la 42e Rue. Ebloui par l'éclat extérieur, j'ai mis un peu de temps à l'identifier. Il parlait à quelqu'un.

— Ah! Mr Carraway. Voici mon ami, Mr Wolfshiem.

Un petit homme au nez épaté, Juif sans discussion possible, leva la tête et dirigea vers moi deux larges narines où fleurissait une aimable broussaille de poils. Bien au-delà, dans la pénombre, j'ai fini par apercevoir la fente de ses yeux.

— Je l'ai donc regardé, dit Mr Wolfshiem, en me serrant la main avec énergie, et savez-vous ce que j'ai fait?

— Non. Quoi? ai-je poliment demandé.

Mais la question ne m'était pas destinée car il me lâcha la main et tourna de nouveau vers Gatsby son nez révélateur.

— J'ai donné l'argent à Katspaugh, et j'ai dit : « Parfait, Katspaugh. Tant qu'il ne la boucle pas, tu ne lui donnes pas un penny. » Il l'a bouclée aussitôt.

Nous prenant chacun par un bras, Gatsby nous entraîna vers la salle du restaurant. Mr Wolfshiem était sur le point de prononcer une phrase, mais il la retint, et parut s'abîmer dans une rêverie somnambulique.

— *Highballs*? proposa le maître d'hôtel.

— Joli restaurant, murmura Mr Wolfshiem, en admirant les nymphes quelque peu calvinistes qui ornaient le plafond. Mais l'autre côté de la rue, je préfère de beaucoup.

— *Highballs*, d'accord, dit Gatsby, et à Mr Wolfshiem : là-bas, c'est bien plus étouffant.

— Plus étouffant, plus étroit — c'est vrai. Mais tellement riche en souvenirs.

— De quel restaurant parlez-vous? ai-je demandé.

— Le vieux Métropole.

— Le vieux Métropole, répéta Mr Wolfshiem, avec mélancolie. Tous ces visages morts. Tous ces amis morts — disparus à jamais. Impossible pour moi, tant que je vivrai, d'oublier cette nuit où ils ont abattu Rosy Rosenthal. On était six à table, Rosy avait beaucoup mangé et beaucoup bu, et c'était presque l'aube quand un garçon s'est approché de lui, l'air bizarre, en disant que quelqu'un l'attendait dehors pour lui parler. « Très bien », a répondu Rosy. Il repoussait déjà sa chaise, mais je l'ai obligé à rester assis. « Si ces salauds veulent te parler, qu'ils entrent, Rosy, mais moi vivant, tu ne sortiras pas d'ici. » C'était environ quatre heures du matin. Si on avait levé les stores, on aurait vu le petit jour.

— Est-il sorti? ai-je demandé en toute innocence.

— Evidemment qu'il est sorti!

Mr Wolfshiem tourna vers moi ses narines indignées.

— A la porte, il s'est retourné. Il a dit : « Surtout que le garçon ne touche pas ma tasse de café. » Quand il est arrivé sur le trottoir, ils ont tiré trois rafales en plein dans le ventre plein, et la voiture a disparu.

Je me souvenais peu à peu de l'histoire.

— Quatre d'entre eux sont passés sur la chaise électrique, il me semble ?

— Cinq, avec Becker.

Son nez parut me dévisager avec un soudain intérêt.

— Vous recherchez une *gonnegtion* professionnelle, c'est bien ça ?

L'enchaînement des deux phrases me fit l'effet d'une décharge. Gatsby répondit à ma place.

— Non, non, pas lui.

— Ah ! non ?

Mr Wolfshiem était manifestement désappointé.

— Lui, c'est un ami. Je vous ai dit qu'on en parlerait une autre fois.

— Excusez-moi. J'avais un autre en tête.

Sur ce, on apporta un hachis savoureux. Oubliant l'atmosphère fleur bleue du vieux Métropole, Mr Wolfshiem se jeta dessus avec un féroce empressement. Il trouva cependant le temps de faire lentement le tour de la salle — un tour complet, car il se retourna pour savoir qui était derrière lui. Si je n'avais pas été là, je crois qu'il aurait jeté un bref coup d'œil sous la table.

Gatsby se pencha vers moi.

— Entre nous, cher vieux, je crains de vous avoir un peu agacé, ce matin, dans la voiture.

Il m'offrait son fameux sourire, mais pour une fois, je refusai d'y céder.

— Je n'aime pas les mystères. Pourquoi ne pas être franc et me dire ce que vous attendez de moi ? Quel besoin de mêler Miss Baker à tout ça ?

— Oh ! rassurez-vous. Il n'y a rien d'équivoque. Miss Baker est une vraie sportive. Jamais elle ne ferait quoi que ce soit en dehors des règles du jeu.

Il regarda sa montre, se leva d'un bond, et me laissa seul avec Mr Wolfshiem, qui le suivait des yeux.

— Il va téléphoner, dit-il. Charmant garçon, n'est-ce pas ? Agréable d'allure et parfait gentleman.

— Oui.

— Pur produit d'*Oggsford*.

— Ah ! bon.

— Il a été à l'université d'*Oggsford*, en Angleterre. Vous savez ce que c'est, l'université d'*Oggsford* ?

— On m'en a parlé.

— Une des plus célèbres du monde.

— Vous connaissez Gatsby depuis longtemps ?

— Des années.

Mr Wolfshiem semblait aux anges.

— Le plaisir de sa connaissance, je l'ai eu juste après la guerre. Au bout d'une heure de conversation, j'ai su que j'avais rencontré quelqu'un d'une éducation exemplaire. Je me suis dit à moi-même : « Voilà le genre d'homme que tu aimerais inviter chez toi pour le présenter à ta mère et à ta sœur. »

Après quelques secondes de silence :

— Je vois que vous regardez mes boutons de manchettes.

Ce qui m'incita en effet à les regarder. Ils se composaient de deux morceaux d'ivoire étrangement familiers.

— Très beaux spécimens de molaires humaines, m'expliqua-t-il.

— Ah ! bon.

Je regardai mieux.

— Une idée très originale.

— Sûr.

D'un petit coup sec, il fit disparaître ses manchettes.

— Pour Gatsby, sûr, il fait très attention avec les femmes. L'épouse d'un ami, il n'oserait même pas la regarder de loin.

Lorsque l'heureux bénéficiaire de cette instinctive loyauté reprit sa place, Mr Wolfshiem but son café d'un trait et repoussa sa chaise.

— Enchanté de ce déjeuner, dit-il. Je disparais avant d'être indiscret, jeunes gens.

— Rien ne presse, Meyer, dit Gatsby, sans grande conviction.

Mr Wolfshiem leva la main, comme pour nous bénir.

— Vous êtes très aimable, mais j'appartiens à une autre génération. Vous restez assis tous les deux, vous vous racontez vos exploits sportifs, vos belles amies, vos...

Une subtile ondulation du poignet laissa sous-entendre tout ce que nous voulions.

— Moi, j'ai cinquante ans passés, et je ne vous impose pas plus longtemps ma présence.

Il nous serra la main, et je remarquai comme un frémissement de ses prodigieuses narines. J'eus peur de l'avoir blessé sans le vouloir.

— Il traverse parfois de graves crises sentimentales, m'expliqua Gatsby. C'était le cas, aujourd'hui. A New

York, c'est un personnage — une figure légendaire de Broadway.

— Comédien ?

— Non.

— Dentiste ?

— Meyer Wolfshiem ? Non. Joueur.

Il ajouta, très calmement :

— C'est lui qui a truqué la finale des Championnats de base-ball, en 1919.

— Truqué la finale des Championnats ?

Ça me paraissait incroyable. Je savais que cette année-là on avait parlé de trucage, de joueurs soudoyés, mais je n'y avais pas réfléchi davantage. Pour moi, c'était *arrivé*, voilà tout, une suite d'événements inévitables. Je n'aurais jamais cru qu'un homme seul puisse tromper ainsi la bonne foi de cinquante millions de citoyens — avec le même état d'esprit qu'un cambrioleur perçant un coffre-fort.

Il me fallut une petite minute pour l'admettre.

— Comment s'y est-il pris ?

— L'occasion s'est offerte.

— Et il n'est pas en prison ?

— Ils ne peuvent rien contre lui, cher vieux. C'est un homme très adroit.

J'insistai pour régler l'addition. Pendant que le maître d'hôtel me rendait la monnaie, j'ai aperçu Tom Buchanan de l'autre côté de la salle.

— Pouvez-vous m'accompagner un instant ? Je vais saluer quelqu'un.

Tom se leva en nous voyant et vint à notre rencontre.

— Mais enfin, où te caches-tu ? me demanda-t-il sur un ton agressif. Daisy est furieuse que tu n'appelles jamais.

— Mr Gatsby… Mr Buchanan.

Ils se serrèrent rapidement la main, et je vis passer sur le visage de Gatsby l'ombre d'une gêne inattendue et douloureuse.

— Que deviens-tu, dans tout ça ? continua Tom. Et quel besoin as-tu de venir déjeuner jusqu'ici ?

— Je devais rejoindre Mr Gatsby.

Je me suis tourné vers Gatsby, mais il n'était plus là.

Un matin d'octobre 1917…

(me raconta Jordan Baker, cette après-midi-là, assise très droite sur une chaise à dossier droit entre les verdures du Plaza où nous prenions le thé)

… je me promenais au hasard, de pelouses en trottoirs, mais je préférais les pelouses, parce que mes chaussures venaient d'Angleterre, et leurs semelles étaient garnies de petits ronds de caoutchouc qui s'enfonçaient dans la terre meuble. J'avais également une jupe neuve, en tissu écossais, que le vent soulevait de temps en temps, et chaque fois, je voyais frissonner les drapeaux rouge, blanc, bleu qui ornaient les façades et j'entendais leur petit *tut-tut-tut !* réprobateur.

Le plus grand des drapeaux, la plus grande des pelouses, appartenaient à la maison de Daisy Fay. Daisy venait d'avoir dix-huit ans, deux de plus que moi, et c'était de très loin la jeune fille la plus populaire de Louisville. Elle était toujours habillée de blanc, possédait une petite décapotable blanche, son téléphone sonnait toute la journée, et les jeunes officiers de Camp Taylor sollicitaient d'une voix anxieuse l'honneur d'accaparer son temps, sinon pour la soirée entière, « du moins pour une heure ! ».

Ce matin-là, en arrivant devant chez elle, j'ai aperçu sa petite décapotable blanche garée le long du trottoir. Un lieutenant que je n'avais encore jamais vu était assis à côté d'elle. Ils semblaient plongés dans un tel état de fascination réciproque qu'elle ne m'a reconnue qu'au dernier moment, quand je suis passée tout près d'eux.

— Oh! hello, Jordan! dit-elle. Peux-tu venir une seconde, je te prie?

J'ai été prise au dépourvu, mais très flattée en même temps qu'elle désire me parler, car de toutes les filles plus âgées, c'est elle que j'admirais le plus. Elle voulait savoir si j'allais à la Croix-Rouge préparer des pansements. J'y allais, en effet. Parfait, alors, pourrai-je leur dire de ne pas compter sur elle, ce jour-là? Le lieutenant la regardait pendant qu'elle me parlait, d'une façon dont toutes les jeunes filles espèrent qu'on les regardera un jour, et c'était tellement romanesque que je m'en souviens encore aujourd'hui. Il s'appelait Jay Gatsby, et je ne l'ai plus revu pendant quatre ans, si bien qu'en le rencontrant, plus tard, à Long Island, je n'ai pas compris que c'était le même homme.

Ceci se passait donc en 17. L'année suivante, j'ai connu quelques *beaux* à mon tour, j'ai disputé mes premiers tournois, et j'ai eu très peu d'occasions de rencontrer Daisy. Elle ne sortait d'ailleurs qu'avec des gens plus âgés — et le plus souvent elle ne sortait pas. On racontait des choses étranges à son sujet — sa mère l'aurait surprise un soir de cet hiver, se hâtant de faire sa valise pour se rendre à New York et dire adieu à un soldat qui s'embarquait pour l'Europe. Elle dut y renoncer, mais n'adressa pas la parole à sa famille pendant plusieurs semaines. Elle ne sortait plus avec des militaires, et se contentait de quelques jeunes gens qui, pour cause de pieds plats ou de myopie, ne pouvaient absolument pas s'engager dans l'armée.

A l'automne, elle était gaie de nouveau, aussi gaie qu'avant. Elle fit ses débuts dans le monde après l'armistice. En février, tout laissait croire qu'elle était fiancée à un garçon de La Nouvelle-Orléans. En juin, elle épousa Tom Buchanan de Chicago, le mariage le plus fastueux et le plus imposant que Louisville ait jamais connu. Le fiancé est arrivé avec cent invités, dans quatre wagons spécialement réservés. Il avait loué un étage entier du Seelbach Hotel, et, la veille du mariage, il a offert à Daisy un collier de perles estimé à trois cent cinquante mille dollars.

J'étais demoiselle d'honneur. Ce soir-là, une demi-heure avant le dîner, je suis entrée dans sa chambre. Elle était affalée sur son lit, aussi ravissante qu'une nuit d'été dans sa robe à fleurs, mais aussi ivre qu'un babouin. Elle tenait d'une main une bouteille de sauternes, de l'autre une lettre.

— ...'élicite-moi, murmura-t-elle. Jamais bu encore de ma vie, mais oh!, oh! que j'aime ça!

— Daisy, que se passe-t-il?

J'étais atterrée, croyez-moi. C'était la première jeune fille que je voyais dans cet état.

— ...'pproche, ma jolie.

Elle a fouillé dans une corbeille à papier, posée sur le lit à côté d'elle, en a sorti le collier de perles.

— ... les prends... les portes en bas... les rends à qui elles sont. Et tu dis que Daisy l'a changé d'avis. Tu dis ça : Daisy, l'a changé d'avis.

Elle s'est mise à pleurer sans pouvoir s'arrêter. Je suis ressortie en courant, j'ai alerté la femme de

chambre de sa mère. Nous avons verrouillé la porte.
Nous avons plongé Daisy dans un bain d'eau froide.
Elle ne voulait pas lâcher sa lettre. Elle en a fait une
petite boule, qu'elle a enfoncée sous l'eau, qu'elle a
malaxée, malaxée, jusqu'à ce que le papier se morcelle
en petits flocons de neige. J'ai eu alors le droit de la
poser dans le porte-savon.

Tout ceci, sans un mot. Nous lui avons fait respirer
des sels. Nous lui avons mis des glaçons sur le front.
Nous l'avons de nouveau ligotée dans sa robe, et quand
nous avons quitté la chambre, une demi-heure plus tard,
elle portait ses perles autour du cou, comme si de rien
n'était. Le lendemain, à cinq heures, elle a épousé Tom
Buchanan sans la moindre hésitation, et ils ont disparu
trois mois dans les mers du Sud.

Je les ai vus à leur retour, à Santa Barbara, et j'ai pensé
qu'aucune épouse au monde n'était à ce point folle de
son mari. S'il quittait la pièce plus d'une minute, elle
regardait avec angoisse autour d'elle, murmurait : « Où
est allé Tom ? » et tant qu'il n'était pas revenu, elle
était comme absente. A la plage, elle s'asseyait sur le
sable, prenait la tête de Tom sur ses genoux, et pendant
une bonne heure, elle lui caressait lentement les paupières et le dévisageait avec délectation. C'était atten-
drissant de les voir — ça nous faisait rire, mais d'un
rire silencieux, émerveillé. Nous étions en août. J'avais
quitté Santa Barbara depuis une semaine, quand Tom
a embouti une voiture, la nuit, sur la route de Ventura,
et a voilé l'une de ses roues. Si les journaux en ont
parlé, c'est que la fille qui l'accompagnait a eu le bras
cassé — une femme de chambre de l'hôtel de Santa
Barbara.

L'année suivante, en avril, la petite fille de Daisy est née. Puis ils sont partis pour la France, où ils sont restés un an. Je les ai croisés à Cannes au printemps, à Deauville un peu plus tard, puis ils ont regagné Chicago. Vous savez que Daisy avait beaucoup d'amis à Chicago, une petite cour de fidèles, tous très jeunes, très riches, très affranchis, mais sa réputation n'en a pas souffert. Peut-être parce qu'elle ne boit pas. C'est un sérieux atout de ne pas boire, quand tout le monde boit autour de vous. Ça vous permet de contrôler ce que vous dites, et, qui plus est, de vous offrir de petites infractions passagères, car les autres sont tellement aveuglés qu'ils ne voient rien ou qu'ils s'en moquent. Il est possible que Daisy n'ait jamais rencontré l'amour — bien qu'il y ait dans sa voix, sa vraie voix, je veux dire, quelque chose qui…

Bon. Il y a six semaines, et pour la première fois depuis des années, elle a entendu prononcer le nom de Gatsby. Lorsque je vous ai demandé si vous connaissiez un Gatsby à West Egg, vous vous souvenez ? Après votre départ, elle est montée dans ma chambre, m'a réveillée. « Ce Gatsby, raconte ! » Je dormais à moitié. Je l'ai décrit de façon assez vague. Alors, de cette voix, justement, sa vraie voix, elle a dit que c'était sans doute celui qu'elle avait connu autrefois. Et c'est là que j'ai fait le rapprochement entre notre Gatsby et l'officier de la petite décapotable blanche.

Lorsque Jordan Baker acheva son récit, nous avions quitté le Plaza depuis longtemps et nous roulions en fiacre à travers Central Park. Le soleil se couchait à hauteur des 50ᵉˢ Rues, derrière les somptueux appartements des stars de cinéma, et des voix de petites filles, déjà blotties dans l'herbe comme des grillons, égayaient la chaleur du crépuscule.

> *I am the Sheik of Araby*
> *Your love belongs to me.*
> *At night when you're asleep*
> *Into your tent I'll creep…*

Je finis par dire :

— C'est une étrange coïncidence.

— Ce n'est pas du tout une coïncidence.

— Comment ça ?

— Il a acheté cette maison pour que Daisy soit face à lui, de l'autre côté de la baie.

Ainsi, ce n'était pas aux seules étoiles que s'adressait son élan de prière, dans cette nuit de juin où je l'avais surpris ? Le luxe tapageur dont il s'entourait se déchira soudain comme une membrane, et je le vis s'en dégager, se mettre à vivre.

— Il veut savoir, reprit Jordan, si vous inviteriez Daisy chez vous, l'après-midi de votre choix, et lui permettriez de vous rejoindre ?

Une demande aussi simple me parut incroyable. Comment ? Il avait attendu cinq ans, s'était acheté une maison où il offrait à toutes les phalènes de passage la splendeur d'un ciel étoilé — dans le seul but de traverser, « une après-midi de son choix », le jardin d'un inconnu ?

— Il fallait vraiment que je sache tout ça pour qu'il me demande si peu de choses ?

— Il a peur. Il attend depuis si longtemps. Il pense que vous risquez d'être blessé. Malgré les apparences, c'est un drôle de lascar, croyez-moi !

Quelque chose m'intriguait.

— Pourquoi ne vous charge-t-il pas d'organiser la rencontre vous-même ?

— Il veut que Daisy voie sa maison, et la vôtre est juste à côté.

— Je comprends.

— Il devait espérer plus ou moins qu'elle viendrait, par curiosité, à l'une de ses soirées. Elle n'est jamais venue. Il a donc commencé, avec tact, à interroger les uns et les autres pour savoir s'ils la connaissaient. Je suis la première à lui avoir répondu oui. C'était le soir où il m'a fait demander par son majordome, pendant le bal. Si vous saviez par quels détours il est passé avant d'arriver à ce qu'il voulait ! J'ai tout de suite proposé un déjeuner à New York, bien sûr. J'ai cru qu'il devenait fou. « A aucun prix ! C'est ici que je veux la rencontrer. A côté de chez moi ! » Quand je lui ai appris que vous étiez un ami de Tom à l'université, il a été sur le point de tout laisser tomber. Il sait à peine qui est Tom, mais il m'a pourtant avoué qu'il avait lu un journal de Chicago pendant des années, dans le seul espoir d'y apercevoir le nom de Daisy.

La nuit venait. Au moment où nous nous engagions sous un petit pont, j'ai passé un bras autour des épaules bronzées de Jordan, je l'ai attirée contre moi et je l'ai invitée à dîner. Je ne pensais plus à Daisy, à Gatsby, brusquement, mais à cet être si clair, si âpre, si mesquin, qui se jouait du scepticisme universel, et s'abandonnait dans mes bras avec tant d'insouciance. Une phrase se mit à battre dans ma tête comme un vertige : « Il n'y a jamais qu'un chasseur, un gibier, un qui s'obstine, un qui renonce. »

— Et Daisy a besoin qu'il lui arrive quelque chose, murmura Jordan.

— Souhaite-t-elle revoir Gatsby ?

— Elle ignore tout. Gatsby exige qu'elle ignore tout. Vous devez l'inviter pour le thé. Rien de plus.

Nous avons longé un rideau d'arbres sombres, puis les hautes façades de la 59ᵉ Rue, comme un écran de lumière tamisée, ont peu à peu dominé Central Park. Contrairement à Gatsby et à Tom Buchanan, je n'avais aucun visage de femme à faire évoluer en rêve, comme détaché de son corps, entre l'obscurité des corniches et l'éclat des enseignes. J'ai donc regardé de plus près celui qui était contre moi, et quand j'ai vu ses lèvres hautaines s'éclairer d'un sourire, j'ai serré le bras davantage pour qu'elles se rapprochent des miennes.

V

En regagnant West Egg, cette nuit-là, à deux heures du matin, j'ai eu un instant de panique. J'ai cru que ma maison flambait. Une clarté irréelle inondait la pointe de la péninsule, embrasait les jardins, et projetait de petites lueurs d'incendie sur les fils électriques qui longent la route. J'ai compris, au dernier tournant, que ça venait de chez Gatsby. Sa demeure était illuminée de la cave à la tour de guet.

J'ai tout d'abord pensé qu'il donnait une soirée, qu'elle s'était transformée en une vaste partie de « Main chaude » ou de « Promenons-nous-dans-le-bois », ce qui avait conduit à ouvrir toutes les pièces. Mais on n'entendait aucun bruit. Uniquement le vent dans les arbres, qui jouait avec les fils électriques, provoquant de petites baisses de courant, et la maison semblait cligner des yeux dans les ténèbres. Mon taxi s'éloigna en cahotant et je vis Gatsby venir vers moi à travers sa pelouse.

— Votre maison ressemble à un pavillon de l'Exposition universelle.

— Vraiment?

Il la regarda, l'air rêveur.

— J'inspectais simplement quelques chambres. Prenons ma voiture, cher vieux. Allons jusqu'à Coney Island.

— Il est trop tard.

— Alors, piquons une tête dans ma piscine. Je ne l'ai pas fait de tout l'été.

— Il faut que je dorme.

— Très bien.

Il me regardait, incapable de dissimuler son impatience. J'ai attendu un moment avant de dire :

— Miss Baker m'a parlé. J'appellerai Daisy demain. Je l'inviterai à prendre le thé.

— Ah! très bien.

Comme un détail sans importance.

— Je ne voudrais pas que ça vous dérange.

— Quel jour vous conviendrait?

— Vous conviendrait *à vous*! s'empressa-t-il de rectifier. Encore une fois, je ne veux pas vous déranger.

— Après-demain?

Il parut réfléchir, puis avec un léger embarras :

— J'aimerais tondre ce gazon.

Nous avons regardé le gazon en question — une ligne de démarcation très nette soulignait l'endroit où les mèches en désordre du mien cédaient la place à la coupe impeccable du sien. J'en conclus donc qu'il s'agissait du mien.

— Il y a un autre petit problème, reprit-il tandis que son embarras augmentait.

— Préférez-vous attendre quelques jours?

— Non, non, ce n'est pas ça. C'est plutôt…

Il ne savait par où commencer.

— Je me demandais… Bon, cher vieux, soyons francs. Vous… Vous ne gagnez pas beaucoup d'argent, n'est-ce pas ?

— Pas beaucoup.

Réponse qui parut le rasséréner, car il continua avec plus d'assurance.

— C'est ce que je pensais, pardonnez-m'en, mais… Bon. Je mets en route une petite affaire, quelque chose d'un peu marginal, et puisque vous ne gagnez pas beaucoup, je me suis dit… Vous vendez des actions, c'est bien ça ?

— J'essaie.

— Ça peut donc vous intéresser. Ça vous prendra très peu de temps et risque de rapporter gros. Une affaire plutôt confidentielle, vous voyez ?

Je sais aujourd'hui qu'en d'autres circonstances cette conversation aurait pu avoir un grave impact sur ma vie, mais il s'agissait si clairement, cette nuit-là, et si maladroitement, de me payer pour un service rendu que la seule attitude possible était de couper court.

— J'ai trop à faire. Je vous suis très reconnaissant, mais je ne peux me charger d'aucun travail supplémentaire.

— Vous n'aurez rien à voir avec Mr Wolfshiem.

Il s'imaginait que la *gonnegtion* évoquée au cours du déjeuner expliquait mon refus. Je l'assurai qu'il se trompait. Il attendit encore un peu, espérant que j'allais poursuivre la conversation, mais j'avais trop de choses en tête, et il rentra chez lui, à contrecœur.

Cette soirée m'avait rendu si heureux, si léger, que, ma porte à peine refermée, j'ai dû sombrer dans un sommeil sans rêves. J'ignore donc si Gatsby a été à Coney Island, ou s'il a poursuivi « l'inspection de ses chambres », et jusqu'à quelle heure de la nuit sa maison a brillé de tous ses feux. Le lendemain, du bureau, j'ai appelé Daisy pour l'inviter à prendre le thé.

— Viens sans Tom, ai-je précisé.

— Pardon ?

— Je dis : sans Tom.

— Quel Tom ? demanda-t-elle avec candeur.

Au jour dit, il pleuvait. Vers onze heures du matin, un homme revêtu d'un ciré, et poussant une tondeuse à gazon, a sonné chez moi. Mr Gatsby l'envoyait tondre ma pelouse, m'a-t-il expliqué. Ce qui m'a rappelé que je n'avais pas alerté ma Finlandaise, et je suis parti à la recherche de sa petite maison chaulée dans les ruelles détrempées de West Egg Village. J'en ai profité pour acheter des tasses, des citrons et des fleurs.

Fleurs qui se révélèrent inutiles — car à deux heures, Gatsby me fit livrer l'équivalent d'une serre, assorti de vases appropriés. Une heure plus tard, ma porte s'ouvrit avec nervosité, et Gatsby, flanelle blanche, chemise gris argent, cravate à reflets d'or, fit irruption chez moi. Blême, de larges cernes autour des yeux, qui attestaient son insomnie.

— Tout va bien ?

— Si vous voulez parler du gazon, je pense qu'il va très bien.

— Quel gazon ?

Il paraissait déconcerté.

— Ah ! le jardin.

Il s'approcha de la fenêtre, mais, à l'expression de son visage, je doute qu'il ait vérifié quoi que ce soit.

— Ça a l'air parfait, dit-il à mi-voix. L'un des journaux annonce que la pluie va cesser à quatre heures. *Le Journal*, je crois. Avez-vous tout ce qu'il faut pour le bon déroulement de ce… de ce thé ?

Je le conduisis à l'office, où la présence de ma Finlandaise parut le contrarier, et nous avons examiné les douze tartes au citron du pâtissier.

— Elles sont bien ?

— Mais oui, mais oui, très bien…

Il ajouta, avec effort :

— … cher vieux.

Vers trois heures et demie, la pluie se dilua en un brouillard humide que traversaient parfois de petites gouttes de rosée. Gatsby, l'œil absent, feuilletait un exemplaire d'*Economics*, de Henry Clay, sursautait à chaque pas que ma Finlandaise faisait dans la cuisine, et observait de temps en temps mes vitres embuées, comme si d'invisibles et terrifiants événements se déroulaient à l'extérieur. Il finit par se lever et m'informa d'une voix blanche qu'il rentrait chez lui.

— Pourquoi ?

— Il est trop tard. Personne ne viendra pour le thé.

Il consulta sa montre, comme quelqu'un qui a des obligations plus urgentes.

— Je ne peux pas attendre toute la journée.

— Ne soyez pas ridicule. Il est à peine quatre heures moins deux.

Il se rassit, honteux de se faire rabrouer, et quelques secondes plus tard nous avons entendu le bruit d'une voiture qui s'engageait dans mon allée. Nous nous sommes levés d'un même élan, et, légèrement anxieux à mon tour, je suis sorti dans le jardin.

Un long coupé décapotable venait vers moi entre les branches de lilas où s'égouttait la pluie. Le visage penché, à l'abri d'un tricorne lavande, Daisy me regardait avec un sourire proche de l'extase.

— C'est donc indubitablement là que tu loges, mon bien cher?

Le murmure de cette voix était comme un souffle de vie sous la pluie, et j'en savourai les modulations un instant, pour le seul plaisir de l'oreille, avant que le sens des mots ne m'atteigne. Une petite mèche détrempée glissait contre sa joue comme une trace de peinture bleue et quand je lui ai pris la main pour l'aider à descendre, elle brillait de perles d'eau.

— Es-tu amoureux de moi? me demanda-t-elle à voix basse. Sinon, pourquoi fallait-il que je vienne seule?

— C'est tout le mystère du château des brouillards. Dis à ton chauffeur d'aller faire un tour et de revenir dans une heure.

— Ferdie, revenez dans une heure.

Puis vers moi, à voix basse :

— Il s'appelle Ferdie.

— L'odeur de l'essence affecte-t-elle son nez?

— Je ne crois pas, répondit-elle avec ingénuité. Pourquoi?

Nous sommes entrés dans la maison. A mon grand étonnement, le living-room était vide.

— Ça alors! C'est incroyable!

— Qu'y a-t-il d'incroyable?

Un coup discret contre la porte lui fit tourner la tête. J'allai ouvrir. Debout dans une flaque d'eau et pâle comme un mort, les mains au fond des poches comme deux poids de plomb, Gatsby me regardait avec une intense émotion.

Sans ôter les mains de ses poches, il traversa le hall à grands pas, tourna brusquement sur lui-même, comme s'il glissait sur une corde raide, et disparut dans le living-room. Il n'y avait plus la moindre part de jeu. J'ai senti que mon propre cœur se mettait à battre plus vite et j'ai fermé la porte sur la pluie qui venait de reprendre.

Près d'une minute de silence. Puis une sorte de cri étouffé, l'amorce d'un rire, et la voix de Daisy, aiguë, artificielle :

— Oh ! vraiment, ça me fait terriblement plaisir de vous revoir !

Nouveau silence, qui n'en finissait pas. Comme rien ne me retenait dans l'entrée, je les ai rejoints.

Les mains toujours au fond des poches, Gatsby était appuyé contre la cheminée, dans une attitude qui se voulait indifférente et pouvait même passer pour de l'ennui. Il rejetait la tête si loin en arrière qu'elle touchait presque le cadran d'une pendule hors d'usage posée sur le manteau, et son regard éperdu tombait de haut sur Daisy, terrifiée mais adorable, assise sur un bord de chaise.

— Nous nous sommes déjà rencontrés, murmura Gatsby.

Il me regarda un bref instant et ses lèvres s'entrouvrirent sur un rire qu'il retint. Par une chance inespérée, la pendule choisit ce moment-là pour basculer dangereusement. Il fut obligé de se retourner et de la remettre en place, les doigts tremblants, puis il s'assit, le buste droit, appuya son coude au bras du divan et posa son menton sur sa main.

— Navré pour la pendule, dit-il.

Je devais être aussi congestionné que sous le soleil des tropiques. Mille banalités me venaient en tête, et je ne savais laquelle choisir. Je me décidai pour la plus sotte :

— Oh ! c'est une très vieille pendule.

Nous avons contemplé le parquet une longue minute tous les trois, croyant peut-être qu'elle venait de s'y écraser.

— Notre dernière rencontre remonte à bien longtemps, hasarda Daisy d'une voix aussi neutre que possible.

— Cinq ans en novembre prochain.

Cette précision mathématique apportée par Gatsby nous interdit, pendant une minute encore, de faire le moindre geste. Je leur proposai, en désespoir de cause, de m'aider à servir le thé, et ils étaient déjà debout quand mon insupportable Finlandaise nous l'apporta sur un plateau.

Le va-et-vient des tasses, des soucoupes et des pâtisseries nous permit de retrouver un certain naturel. Gatsby se tint de lui-même sur la réserve, et pendant que nous échangions quelques mots, Daisy et moi, il nous regardait attentivement l'un et l'autre avec une violente tristesse. Comme cette pause ne pouvait déboucher sur rien, je saisis le premier prétexte pour me lever en m'excusant.

— Où allez-vous ? demanda Gatsby, subitement alarmé.

— Je vais revenir.

— Attendez. J'ai quelque chose de très important à vous dire.

Il me suivit dans la cuisine, l'air affolé, ferma la porte avec soin et murmura, décomposé :

— Seigneur Dieu…

— Qu'y a-t-il ?

— Une erreur, c'est une erreur…

Il secouait la tête de droite à gauche.

— Une tragique, tragique erreur…

— Vous vous sentez un peu perdu, c'est normal.

J'eus la bonne idée d'ajouter :

— Daisy aussi.

— Daisy ? répéta-t-il sans y croire.

— Autant que vous.

— Parlez moins fort.

Mais il m'impatientait.

— Vous vous conduisez comme un enfant. Un enfant mal élevé, qui plus est. Daisy est restée là-bas, toute seule.

Il leva les deux mains pour m'imposer silence, me regarda avec une expression de blâme que je n'oublierai jamais, ouvrit sans bruit la porte et regagna le living-room.

Je m'échappai par l'entrée de service — ainsi qu'il l'avait fait lui-même un peu plus tôt, pour contourner rapidement la maison — et courus m'abriter sous le feuillage d'un grand arbre. Car il pleuvait à verse, et ma désolante pelouse, si bien tondue par le jardinier de Gatsby, n'était déjà plus qu'une mosaïque de petites fondrières et de marécages antédiluviens. Je n'avais rien à regarder sous cet arbre, sinon la vaste demeure de Gatsby, ce que je fis pendant une bonne demi-heure, avec une ferveur égale à celle de Kant face à son clocher. Elle avait été construite dix ans plus tôt par un brasseur, quand le style « d'époque » devenait à la mode. On prétend qu'il avait proposé à ses voisins de prendre en charge tous leurs impôts pendant cinq ans, s'ils acceptaient que leurs toits soient couverts de chaume. Le refus qu'ils lui opposèrent brisa net son rêve de Fondateur de dynastie — et il déclina rapidement. Le jour où ses enfants mirent la maison en vente, il y avait encore une couronne mortuaire accrochée à la porte. S'ils se plient volontiers à la condition d'esclave, les Américains s'obstinent toujours à refuser celle de paysan.

Le soleil revint bientôt, et la camionnette de l'épicier remonta l'allée de Gatsby pour apporter de quoi nourrir ses domestiques — mais j'étais certain que lui-même n'aurait pas avalé une bouchée. Une femme de chambre vint ouvrir l'une après l'autre les fenêtres du premier étage, s'attarda un instant devant chacune d'elles, et lorsqu'elle atteignit la baie vitrée centrale, je la vis se pencher et cracher rêveusement dans le jardin. Il était temps de les rejoindre. J'avais confondu jusque-là le murmure de la pluie et celui de leurs voix, croyant qu'elles s'élevaient parfois avec de petites bouffées d'émotion. Mais, le silence revenu, j'eus soudain l'impression que le même silence avait envahi ma maison.

J'ai fait beaucoup de bruit, exprès, en arrivant dans la cuisine — sans aller jusqu'à renverser le fourneau — et je suis entré dans le living-room. Ils semblaient n'avoir rien entendu. Ils étaient assis, face à face, aux deux extrémités du divan, et ils se regardaient, comme si une question venait d'être posée, ou sur le point de l'être, et toute trace d'embarras avait disparu. Le visage de Daisy était couvert de larmes. Elle s'est levée très vite en me voyant, et s'est approchée d'une glace, pour les essuyer avec son mouchoir. Quant à Gatsby, sa métamorphose était sidérante. Il rayonnait, à la lettre. Sans qu'il prononce un mot, sans qu'il fasse un geste, la béatitude nouvelle qui émanait de lui irradiait toute la pièce.

— Oh! hello, cher vieux! me dit-il, comme s'il ne m'avait pas vu depuis des siècles, et je crus un instant qu'il allait me tendre la main.

— Il ne pleut plus.

— Plus quoi?

Il finit par comprendre ce que j'avais dit, aperçut les petits éclats de soleil qui pointaient à travers les vitres. Il eut alors un grand sourire, comme un magicien météorologue, un grand seigneur émerveillé qui tient la lumière à ses ordres, et il en informa Daisy.

— Il ne pleut plus. Qu'en dites-vous?

— Je suis heureuse, Jay.

Que pouvait-elle avouer d'autre, de sa voix blessée, douloureuse, et si belle, que son bonheur inespéré?

— Venez chez moi avec Daisy, me proposa Gatsby. Je veux lui montrer ma maison.

— Tenez-vous vraiment à ce que je vienne?

— Absolument, cher vieux!

Daisy monta se rafraîchir — j'ai pensé trop tard à mes serviettes de toilette, qui allaient me faire honte — et nous l'avons attendue, Gatsby et moi, dans le jardin.

— Elle est assez belle, ma maison, vous ne trouvez pas? Regardez comme la façade reflète la lumière.

Je reconnus qu'elle était superbe.

— Ah ! vous trouvez ?

Il examina chaque porte en détail, chaque arcade voûtée, jusqu'à la tour de guet.

— Il m'a fallu exactement trois ans pour gagner de quoi me l'offrir.

— Je croyais que vous aviez hérité d'une immense fortune ?

— C'est vrai, reconnut-il très vite, mais j'en ai perdu la plus grande partie au cours d'un désastre — le désastre de la guerre.

Je pense qu'il ne contrôlait plus ce qu'il disait, car lorsque je voulus savoir de quelles affaires il s'occupait, il répondit brutalement :

— Ça me regarde.

Comprenant que ce n'était pas une très bonne réponse, il se reprit aussitôt.

— Oh ! je me suis occupé d'affaires très diverses. De produits pharmaceutiques pendant un temps, puis de produits pétroliers. Aujourd'hui, c'est terminé.

Et, me dévisageant avec une certaine curiosité :

— Dois-je comprendre que vous réfléchissez à ma proposition de l'autre nuit ?

Daisy ne me laissa pas le temps de répondre. Elle sortit de la maison — et les boutons de cuivre, qui garnissaient sa robe sur deux rangs, étincelaient au soleil.

— C'est cette énorme chose, *là* ! s'écria-t-elle, le doigt tendu.

— Vous déplaît-elle ?

— Je l'adore, au contraire. Mais comment faites-vous pour y vivre seul ?

— Je m'arrange pour qu'elle soit pleine de monde, jour et nuit. Pleine de gens intéressants. Qui font des choses intéressantes. Des gens célèbres.

Au lieu de suivre le sentier qui longe le détroit, nous avons rejoint la route et sommes entrés par le portail. Daisy admira tout, avec des murmures extasiés. Elle admira la silhouette féodale, qui se découpait sur le ciel, elle en admira tel et tel détail, puis elle admira les jardins, admira le parfum entêtant des jonquilles, celui plus épicé des aubépines, celui des pruniers en fleur, et le parfum d'or pâle des pensées sauvages. Nous avons gravi le perron, et j'ai été surpris de n'apercevoir aucun reflet de robe sur les marches de marbre, de n'entendre aucune autre voix que celle des oiseaux dans les arbres.

A l'intérieur de la maison, nous avons traversé le salon de musique Marie-Antoinette, les grands salons Renaissance et j'avais l'impression que les invités étaient là, tapis derrière les divans et les tables, retenant leur souffle sur ordre pendant que nous passions au milieu d'eux. Quand Gatsby a fermé la porte de la bibliothèque gothique, transportée pièce à pièce du Merton College d'Oxford, je suis sûr d'avoir entendu le rire fantomatique de l'homme au regard de hibou.

Arrivés au premier étage, nous avons longé une enfilade de chambres « d'époque », tapissées de soie rose ou bleu-mauve, et garnies de fleurs fraîches, entrevu des dressing-rooms, des salles de douches et des salles de bains, aux baignoires encastrées — et sommes entrés par mégarde dans une pièce, où un homme hirsute, en pyjama, allongé sur le sol, pratiquait quelques exercices pour se désengorger le foie. C'était Mr Klipspringer, le « pensionnaire ». Je l'avais vu le matin même sur la plage, rôdant comme un loup affamé. Nous avons fini par atteindre l'appartement de Gatsby — chambre avec salle de bains, et bureau xviiie écossais, imité des frères Adam. Nous nous sommes assis et il nous a offert une sorte de chartreuse, qu'il a sortie d'un petit placard.

Pas une seconde il n'avait cessé de regarder Daisy et je pense que les objets qu'il possédait changeaient de valeur à ses yeux à mesure qu'ils en prenaient une aux yeux de celle qu'il aimait. Il les contemplait parfois avec stupéfaction, comme si l'incroyable et indiscutable présence de Daisy les rendait brusquement irréels. Il manqua même à un moment quelques marches de l'escalier.

Sa chambre était la plus sobre de toutes — à ceci près que le nécessaire de toilette posé sur la commode était en or massif. Daisy s'empara de la brosse avec volupté et s'en caressa les cheveux, tandis qu'il venait s'asseoir près de moi, fermait les yeux, riait enfin.

— Oh ! cher vieux, c'est incroyable... L'histoire la plus incroyable...

Il était presque en larmes.

— Si j'essaie de... Je ne peux pas...

Après une période d'angoisse maladive, suivie d'une période de joie délirante, il était maintenant bouleversé par le miracle d'une présence. Cette attente l'habitait depuis si longtemps, il l'avait si souvent imaginée, du début à la fin, dans ses moindres détails, attendue dents serrées, peut-on dire, avec un tel acharnement, qu'il s'en trouvait par réaction comme annihilé — une pendule dont on aurait trop tendu le ressort.

Il reprit bientôt ses esprits, et fit glisser pour nous les battants de deux vastes penderies où s'amoncelait toute une collection de complets, de robes de chambre, de cravates, et de chemises par douzaines, posées les unes sur les autres comme des tas de briques.

— J'ai quelqu'un, en Angleterre, qui se charge de ma garde-robe. Deux fois par an, au printemps et en automne, il m'envoie ce qu'il a sélectionné.

Il prit l'une des piles de chemises et commença à les déplier devant nous — des chemises de fine batiste, de souple flanelle, de soie légère, et elles se froissaient en tombant, et la table disparaissait peu à peu sous leur fouillis multicolore. Et nous les admirions, et il en dépliait de nouvelles, un amoncellement opulent, moelleux, qui ne cessait de s'élever — chemises à carreaux, à chevrons, à rayures, orange fané, vert acide, pervenche, corail, brodées de monogrammes bleu marine. Soudain, avec un soupir étranglé, Daisy y enfouit le visage et fondit en larmes.

— Si belles, si belles…

Elle sanglotait, et sa voix se perdait dans la somptueuse épaisseur des étoffes.

— Je suis tellement, tellement triste, de n'avoir jamais vu autant, autant de si belles chemises.

Après la maison, nous devions parcourir le domaine entier, les jardins, la piscine, et pousser jusqu'à l'hydravion, mais la pluie venait de reprendre, et nous sommes restés debout, devant la fenêtre, à regarder la surface fripée de la mer.

— S'il n'y avait pas ce brouillard, dit Gatsby, on verrait votre maison. Vous avez une petite lumière verte, qui brûle toute la nuit à l'extrémité de votre jetée.

Daisy glissa aussitôt son bras sous le sien, mais il semblait comme oppressé par ce qu'il venait de dire. Peut-être avait-il pris conscience que cette lumière verte, si longtemps vitale pour lui, venait de s'éteindre à jamais. La distance qui le séparait de Daisy était si grande jusque-là, et cette lumière en était si proche, presque à la toucher, aussi proche qu'une étoile peut l'être de la lune, et ce n'était plus désormais qu'une lumière sur une jetée. Son trésor venait de perdre l'une de ses pierres les plus précieuses.

J'ai fait quelques pas dans la chambre, où régnait une demi-pénombre. J'ai été intrigué par une grande photographie accrochée au-dessus du bureau — un homme âgé, en tenue de yachtman.

— Qui est-ce ?

— Ça, cher vieux ? C'est Dan Cody.

Ce nom me disait vaguement quelque chose.

— Mon meilleur ami pendant des années. Il est mort, maintenant.

Une petite photographie de Gatsby, en tenue de yachtman lui aussi, était posée sur le bureau — dix-huit ans environ, la tête rejetée en arrière comme par défi.

— Oh ! j'adore ! s'écria Daisy. Ce qu'on appelait le toupet Pompadour ! Je ne savais pas que vous vous coiffiez à la Pompadour à cette époque-là. Ni que vous aviez un yacht.

— Regardez cet album, enchaîna Gatsby rapidement. Une série de coupures de presse — qui vous concernent.

Ils le feuilletèrent debout l'un contre l'autre. J'allais demander à voir les rubis quand le téléphone a sonné. Gatsby a décroché le récepteur.

— Oui… Je ne peux pas en ce moment… Pas en ce moment, cher vieux… J'ai dit : une *petite* ville. Il doit savoir ce que c'est qu'une petite ville… Ecoutez, s'il considère Detroit comme une petite ville, nous nous passerons de ses services.

Il a raccroché.

— Venez voir ! s'écria Daisy. Vite, *vite* !

Elle était retournée à la fenêtre. Il pleuvait toujours, mais au couchant, par une échancrure du ciel noir, une flottille de nuages pomponnés, rose et or, s'avançait au-dessus de la baie.

— Regardez ça ! murmura-t-elle.

Et, après un silence :

— J'aimerais attraper un de ces nuages roses, vous y enfermer, et vous envoyer rouler dans l'espace.

J'ai voulu les quitter, mais ils ont refusé de me laisser partir — ma présence leur semblait sans doute plus rassurante qu'une complète solitude.

— Je sais ce que nous allons faire, dit alors Gatsby. Nous allons demander à Klipspringer de jouer du piano.

Il sortit dans le couloir, appela : « Ewing ! » et revint, quelques minutes plus tard, accompagné d'un jeune homme essoufflé, mal à l'aise, aux lunettes d'écaille et aux cheveux blonds clairsemés. Il avait pris le temps de s'habiller plus décemment — polo-shirt largement échancré, espadrilles, pantalon de toile d'une couleur indéfinissable.

— Nous vous avons dérangé dans vos exercices ? lui demanda Daisy avec courtoisie.

— Pas du tout, protesta Mr Klipspringer, de plus en plus mal à l'aise, je dormais. Ou plutôt, je m'*étais* endormi. Ensuite, je me suis levé, et...

Gatsby lui coupa la parole.

— Klipspringer joue du piano. N'est-ce pas, Ewing ?

— Je joue très mal. Je... Je ne sais plus jouer, en fait. Il y a longtemps que je ne trav...

Gatsby l'interrompit de nouveau.

— Descendons.

Il appuya sur un commutateur, et la maison resplendit de tous ses feux, effaçant les fenêtres aveugles.

Mais, dans le salon de musique, il ne voulut qu'une petite lampe à côté du piano. Il alluma la cigarette de Daisy d'une main tremblante, puis l'entraîna vers un divan, très loin dans la pénombre, où le seul reflet d'une lueur du vestibule effleurait le parquet.

Klipspringer joua *The Love Nest*, puis il fit demi-tour sur son tabouret et chercha Gatsby dans l'obscurité.

— Vous voyez, je n'ai pas joué depuis longtemps. Je ne sais plus, je vous l'ai dit. Je n'ai pas trav...

— Ne parlez pas tant. Jouez.

> *In the morning*
> *In the evening*
> *Ain't we got fun...*

Le vent soufflait en force à l'extérieur de la maison, et l'écho d'un tonnerre lointain se répercutait sur la mer. A West Egg Village, toutes les lumières s'étaient allumées. Les trains bondés de travailleurs quittaient New York sous la pluie pour les reconduire chez eux.

C'était l'heure des métamorphoses, et l'atmosphère se chargeait peu à peu d'une légère exaltation.

> *One thing's sure and nothing's surer*
> *The rich get richer and the poor get — children*
> *In the meantime*
> *In between time…*

Je les ai rejoints pour leur dire au revoir, et le visage de Gatsby reflétait de nouveau une stupeur éperdue, comme s'il mettait en doute l'essence même de ce bonheur trop neuf. Près de cinq ans ! Et par moments peut-être au cours de cette après-midi Daisy s'était-elle montrée inférieure à ses rêves — mais elle n'était pas fautive. Cela tenait à la colossale vigueur de son aptitude à rêver. Il l'avait projetée au-delà de Daisy, au-delà de tout. Il s'y était voué lui-même avec une passion d'inventeur, modifiant, amplifiant, décorant ses chimères de la moindre parure scintillante qui passait à sa portée. Ni le feu ni la glace ne sauraient atteindre en intensité ce qu'enferme un homme dans les illusions de son cœur.

Sentant que je l'observais, il fit un effort manifeste pour se ressaisir. Il chercha la main de Daisy, et comme elle lui murmurait quelques mots à l'oreille, il se tourna vers elle avec un transport d'émotion. Je crois que cette voix l'attachait plus que tout, avec ses inflexions exaltantes, envoûtantes, car aucun de ses rêves n'aurait pu en imaginer de plus belle — cette voix était un chant d'immortalité.

Ils m'avaient oublié. Daisy leva pourtant les yeux, me fit signe de la main. Pour Gatsby, j'avais déjà disparu. Je les ai regardés une dernière fois, et ils m'ont rendu mon regard, mais de très loin, sur la rive d'une autre vie. J'ai donc quitté la pièce et descendu les marches, sous la pluie, les laissant là, ensemble.

VI

C'est vers cette époque-là qu'un jeune journaliste aux dents longues de New York se présenta un matin chez Gatsby pour lui demander s'il avait quelque chose à dire.

— Quelque chose à dire à quel sujet? s'enquit Gatsby aimablement.

— Une déclaration, si vous préférez.

Il s'avéra après cinq minutes de discussions laborieuses que l'oreille du jeune homme avait saisi au vol le nom de Gatsby, dans les couloirs de son journal, à propos d'une affaire qu'il entendait tenir secrète, ou dont il ne possédait pas tous les éléments, et, comme c'était son jour de congé, un louable réflexe professionnel l'avait poussé à « venir voir ».

Il repartit bredouille, mais il avait du flair. Alimenté par des centaines de personnes, qui jouaient les experts quant à ses origines sous prétexte qu'elles acceptaient son hospitalité, le renom de Gatsby avait grandi dans de telles proportions, cet été-là, que la presse commençait à s'y intéresser. Les rumeurs les plus farfelues s'attachaient à lui comme par réflexe — tel ce « pipe-line souterrain » qui aurait importé en fraude de l'alcool canadien — et l'on répétait avec insistance qu'il n'habitait pas une maison, mais un bateau camouflé en maison, et qu'il cabotait en secret entre les rives de Long Island. Pour quelle raison ce genre de fables comblaient-elles d'aise James Gatz, originaire du Dakota du Nord, n'est pas facile à expliquer.

James Gatz — tel était son vrai nom, pour l'état civil du moins. Il l'avait modifié lui-même à dix-sept ans le jour où s'était noué son destin — très précisément le jour où le yacht de Dan Cody avait jeté l'ancre sur l'un des bas-fonds les plus sournois du lac Supérieur. C'était encore James Gatz qui rôdait cette après-midi-là sur la plage, en chandail vert troué et pantalon de toile, mais c'était déjà Jay Gatsby qui avait emprunté une barque et faisait rame vers le *Tuolomee*, pour informer Cody que la force des vents risquait de le faire sombrer en moins d'une demi-heure.

Je pense qu'il gardait ce nom en réserve depuis longtemps. Ses parents étaient de petits fermiers besogneux — son imagination n'avait jamais admis qu'ils puissent être ses géniteurs. En vérité Jay Gatsby de West Egg, Long Island, était né d'une conception platonique de lui-même. Il était fils de Dieu — expression qui dit très exactement ce qu'elle veut dire — et il se devait aux affaires de son Père, à l'avènement d'une immense, populaire et clinquante beauté. Il s'était donc forgé un archétype de Jay Gatsby, le seul qu'un garçon de dix-sept ans soit en mesure de se forger, et il s'y montra fidèle jusqu'au bout.

Il vagabondait depuis un an sur la rive sud du lac Supérieur, ramassant des palourdes, pêchant le saumon, faisant un peu n'importe quoi en échange d'un repas et d'un lit. Son corps vigoureux, brûlé de soleil, avait supporté sans difficulté cette succession de travaux et de jours, mi-harassants, mi-nonchalants. Il s'était très tôt intéressé aux femmes, et à peine l'avaient-elles gâté qu'il les avait méprisées, les jeunes vierges pour leur ignorance, les autres pour l'hystérie dont elles entouraient une faveur qu'en son parfait égocentrisme il estimait lui être due.

Mais son cœur était en constante révolte. Les images les plus baroques et les plus délirantes venaient le hanter dès qu'il était couché. Une sarabande indescriptible se déchaînait dans son cerveau, amplifiée par les battements de la pendule près du lavabo et par la clarté moite dont la lune inondait ses vêtements épars sur le sol. Il reculait un peu plus chaque nuit la frontière de ses chimères, en attendant que le sommeil, par une étreinte sans mémoire, interrompe une scène éblouissante. Ces fantasmes ont servi un temps d'exutoire à son imagination. Ils faisaient contrepoids à l'irréalité de la réalité, lui laissant croire que ce caillou qu'est notre terre reposait en sécurité sur l'aile d'une fée.

Comme par intuition de ses futurs triomphes, il s'était inscrit, quelques mois plus tôt, à la petite université luthérienne de Saint Olaf, dans le sud du Minnesota. Il n'y était resté que quinze jours, mortifié par la brutale indifférence qu'y suscitaient les signes avant-coureurs de son destin, ce destin lui-même, et rebuté par le travail de portier qui devait payer ses études. Il avait donc rejoint le lac Supérieur, et il cherchait quelque chose à faire, le jour où le yacht de Cody était venu mouiller au large.

Cody avait une cinquantaine d'années, à l'époque — directement issu des mines d'argent du Nevada, du Yukon, et de toutes les ruées vers l'or et autres métaux qui avaient eu lieu depuis 1875. Les transactions concernant les cuivres du Montana l'avaient rendu plusieurs fois millionnaire. Il était en grande forme physique, mais son état mental donnait des signes de faiblesse, et, l'ayant subodoré, un nombre assez respectable de femmes avaient voulu le soulager de son argent. Les détours fort peu alléchants qu'avait empruntés la célèbre échotière Ella Kaye pour faire office de Madame de Maintenon auprès de cette Royauté déclinante, et la convaincre de vivre sur un yacht, étaient l'un des thèmes favoris de la presse à scandales de 1902. Il bourlinguait donc depuis cinq ans, d'un littoral plus ou moins accueillant à l'autre, le jour où il avait pris pour James Gatz le visage même du destin.

Pour le jeune Gatz, accroché à ses avirons, les yeux levés vers le pont-promenade, ce yacht symbolisait toute la richesse et toute la beauté du monde. J'imagine qu'il a souri à Cody — il devait avoir découvert que les gens l'aimaient lorsqu'il souriait. J'imagine que Cody lui a posé quelques questions — dont une relative à ce nom flambant neuf qui sortait enfin du néant — et a compris qu'il avait affaire à un garçon intelligent, d'une ambition effrénée. Quelques jours plus tard, il le conduisait lui-même à Duluth, pour lui offrir un blazer bleu marine, six pantalons blancs et une casquette de yachtman, et quand le *Tuolomee* avait appareillé pour les Grandes Antilles et ce lieu malfamé de San Francisco qu'on appelle Barbary Coast, Gatsby était à bord.

Il n'avait pas de rôle précis. Tant qu'il accompagna Cody, il fut tour à tour : steward, second maître, capitaine, secrétaire, et geôlier à certains moments, car le Dan Cody sobre savait à quelles folies ruineuses se laissait entraîner le Dan Cody ivre, et pour parer à toute éventualité, il se reposait de plus en plus sur Gatsby. Leur entente dura cinq ans, au cours desquels le yacht fit trois fois le tour du Continent. Elle aurait pu durer davantage si Ella Kaye n'avait profité d'une escale à Boston pour monter à bord, une nuit — et Dan Cody, fort inamicalement, mourut huit jours plus tard.

Je revois cette photographie, dans la chambre de Gatsby : cheveux gris, teint fleuri, visage atone, implacable — l'image même du pionnier corrompu qui, à une certaine période de l'Histoire américaine, avait introduit jusque sur la côte Est l'âpre violence des saloons et des bordels de la « frontière ». Si Gatsby buvait si peu, il le devait indirectement à Cody. Les femmes l'arrosaient parfois de champagne au cours de soirées endiablées. De lui-même, il avait pour principe de ne pas toucher à l'alcool.

Et c'est de Cody qu'il devait hériter — un legs de vingt-cinq mille dollars. Qui était resté lettre morte. Il ignorait quelles arguties légales avaient joué contre lui, mais le reliquat des millions était intégralement revenu à Ella Kaye. Il avait cependant reçu l'exacte éducation dont il avait besoin, et le moule mal équarri de Jay Gatsby, qui s'était affiné peu à peu, commençait à prendre forme humaine.

Il ne m'a fait ces confidences que bien plus tard, mais je préfère les inclure ici sans attendre, et couper court aux rumeurs concernant son passé, qui ne reposaient sur rien. J'avoue que le jour où il me les a faites, j'étais moi-même en pleine confusion, prêt à croire n'importe quoi. Je profite donc d'une sorte de pause, qui permet à Gatsby de reprendre souffle, pour effacer une fois pour toutes cette série d'insanités.

Cette pause, je l'ai observée de mon côté, en ce qui le concerne. Pendant plusieurs semaines, je ne l'ai ni revu, ni entendu au téléphone. Je passais le plus clair de mon temps à New York, avec Jordan, courant un peu partout, et cherchant à dérider sa très vieille tante — et puis, un dimanche après-midi, j'ai fini par aller le voir, et je n'étais pas là depuis deux minutes quand quelqu'un est entré boire un verre en compagnie de Tom Buchanan. Cette rencontre m'a surpris, mais n'était-ce pas plus surprenant qu'elle n'ait pas encore eu lieu ?

Ils étaient trois, en fait, qui rentraient d'une promenade à cheval — Tom, un dénommé Sloane, et une jolie femme, en tenue d'amazone brun foncé, qui connaissait la maison.

— Je suis ravi de vous accueillir, dit Gatsby, debout dans l'entrée. Vraiment ravi que vous soyez venus.

Ce qui leur était parfaitement indifférent.

— Asseyez-vous, je vous en prie. Cigare ? Cigarette ? Servez-vous.

Il faisait rapidement le tour de la pièce, appuyait sur des sonnettes.

— Dans une petite minute, je vais vous offrir quelque chose à boire.

Il était désarçonné par la présence de Tom, mais de toute façon il se serait senti mal à l'aise de ne rien leur offrir, car il devinait plus ou moins qu'ils n'étaient venus que pour ça. Mr Sloane ne voulait rien. Limonade ? Merci. Un doigt de champagne ? Vraiment rien, merci. Excusez-moi.

— Agréable, cette promenade à cheval ?

— Très bonnes routes, par ici.

— J'imagine que les automobiles…

— Hélas, oui.

N'y pouvant tenir davantage, Gatsby se tourna vers Tom, qui jouait les inconnus.

— Je crois vous avoir déjà rencontré, Mr Buchanan.

— En effet, grogna Tom, à peine poli, ne se souvenant manifestement de rien. Oui, oui, en effet. Je me souviens très bien.

— Il y a deux semaines environ.

— Ah ! oui. Vous étiez avec Nick.

— Je connais votre femme, continua Gatsby, presque agressif.

— Ah ! bon.

Tom se tourna vers moi.

— Tu habites par ici, Nick ?

— Juste à côté.

— Ah ! bon.

Renversé dans son fauteuil, le regard lointain, Mr Sloane se désintéressait de la conversation. L'amazone restait silencieuse — mais, après deux whiskies, elle se montra soudain plus chaleureuse.

— Et si nous venions tous les trois à votre prochaine soirée, Mr Gatsby ? Qu'en pensez-vous ?

— Venez, bien sûr. Je serai ravi de vous recevoir.

— …'mable à vous, grommela Mr Sloane. Bon. Il est temps de rentrer.

— Attendez encore un moment, intervint Gatsby.

Il avait retrouvé toute sa présence d'esprit, et souhaitait prolonger ce contact avec Tom.

— Pourquoi ne pas… mais oui, pourquoi ne restez-vous pas dîner ? Je ne serais pas surpris s'il nous arrivait de New York quelques invités imprévus.

— C'est vous qui allez venir dîner chez *moi* ! décida brusquement l'amazone. Vous deux.

L'invitation s'étendait donc à moi. Mr Sloane s'était levé.

— Allons-y, dit-il — mais il ne s'adressait qu'à la jeune femme.

— C'est très sérieux, insista-t-elle. Je serais ravie de vous avoir à ma table. Ce n'est pas la place qui manque.

Gatsby me regarda. Il hésitait. Il avait envie d'accepter, sans comprendre que Mr Sloane avait décidé qu'il ne viendrait pas. J'ai préféré m'abstenir.

— Excusez-moi. Je crains fort de ne pas pouvoir.

— D'accord, mais *vous*…

Elle avait reporté toute son attention sur Gatsby.

— *Vous*, venez !

Mr Sloane lui murmura quelques mots à l'oreille.

— Si nous partons maintenant, nous ne serons pas en retard, lui répondit-elle à voix haute.

— Je n'ai pas de cheval, dit Gatsby. J'ai souvent monté à l'armée, mais je n'ai jamais acheté de cheval. Je vais vous suivre en voiture. Je vous demande une petite minute.

Nous sommes sortis sur le perron. Mr Sloane et la jeune femme s'étaient lancés, en aparté, dans une discussion véhémente. Tom soupira.

— Bon Dieu ! J'ai vraiment l'impression que ce type va venir ! Il devrait sentir qu'elle n'y tient pas.

— Elle prétend qu'elle y tient.

— Elle donne un grand dîner, et il n'y connaîtra personne.

Il fronça les sourcils.

— Comment diable a-t-il rencontré Daisy ? Tu vas me trouver terriblement vieux jeu, mais j'estime que les femmes sont beaucoup trop libres aujourd'hui, et je n'aime pas ça. Elles tombent sur de drôles d'oiseaux.

Mr Sloane et la jeune femme descendirent rapidement les marches et sautèrent en selle.

— Nous sommes en retard, dit Sloane à Tom. Allons-y !

Et à moi :

— Voulez-vous lui dire que nous ne pouvons pas attendre ?

Tom me serra la main, les deux autres m'adressèrent un petit signe de tête glacial, puis ils s'éloignèrent au trot, et ils venaient de disparaître derrière les feuillages du mois d'août, au moment où Gatsby, un chapeau et un pardessus léger à la main, a franchi la porte.

Savoir que Daisy sortait seule perturbait Tom de toute évidence, car il l'accompagna chez Gatsby le samedi suivant. L'étrange impression d'étouffement qui a dominé cette soirée était-elle due à sa présence ? C'est possible. Elle diffère complètement, dans mon souvenir, des autres soirées de cet été-là. On y trouvait pourtant les mêmes invités, le même genre d'invités du moins, la même débauche de champagne, la même explosion de couleurs et de voix criardes, mais je sentais dans l'atmosphère une sorte de menace, quelque chose d'insidieux et de déplaisant, que je n'avais jamais senti jusque-là. Peut-être, d'un autre côté, m'étais-je laissé subjuguer par West Egg, avais-je fini par l'accepter comme un monde à part, avec ses lois et ses notables, ne cédant le pas devant rien, n'ayant pas conscience de devoir le faire, et je le voyais ce soir-là de façon différente. Je le voyais à travers les yeux de Daisy. C'est toujours une amère expérience de poser un regard neuf sur ce qui vous a demandé un long effort d'adaptation.

Ils sont arrivés au coucher du soleil, et pendant que nous naviguions parmi des centaines d'invités en effervescence, Daisy faisait jouer dans un murmure les sortilèges de sa voix.

— Oh ! Nick ! chuchotait-elle, tout ça m'excite à un *tel point* ! Si tu veux m'embrasser, au cours de la soirée, préviens-moi, et je serai *tellement* ravie de te faire ce plaisir. Prononce mon nom, c'est tout. Ou tends-moi un coupe-file. Je distribue des coupes…

Gatsby l'interrompit.

— Regardez autour de vous.

— Mais je regarde autour de moi. Je sens que je vais passer une merveilleuse…

— Vous allez reconnaître des quantités de gens célèbres.

Tom toisait la foule d'un œil méprisant.

— Nous sortons si peu. J'étais en train de me dire que je ne connaissais âme qui vive.

— Vous connaissez sûrement cette femme, là-bas.

Gatsby lui désigna une créature magnifique, véritable orchidée humaine, qui trônait avec majesté sous les branches d'un prunier sauvage. Tom et Daisy la regardèrent, avec cet étrange sentiment d'irréalité que donne le fantôme d'une star de cinéma lorsqu'il se matérialise sous vos yeux.

— Tellement belle, murmura Daisy.

— Cet homme, derrière elle, est son metteur en scène.

Ils allaient d'un groupe à l'autre. Gatsby les présentait avec cérémonie.

— Mrs Buchanan… Mr Buchanan…

Et, après une seconde d'hésitation :

— … le joueur de polo.

Tom rectifia aussitôt.

— Non, non, pas moi.

Mais l'expression devait plaire à Gatsby car Tom resta, toute la soirée, « le joueur de polo ».

Daisy s'extasiait.

— Je n'ai jamais vu autant de gens célèbres. J'aime beaucoup cet homme-là. Comment s'appelle-t-il, déjà ? Celui qui a le nez légèrement bleu.

Gatsby précisa, en le nommant, que ce n'était qu'un producteur de seconde zone.

— Peu importe. Il me plaît.

— Je préférerais ne pas être « le joueur de polo », avoua Tom en souriant. Je préférerais regarder ces célébrités de façon… de façon anonyme.

Daisy et Gatsby ont dansé. Je me souviens qu'il dansait le fox-trot avec une élégance et une précision surprenantes. Jamais encore je ne l'avais vu danser. Puis ils ont émigré vers chez moi, se sont assis sur le perron, et à la demande de Daisy j'ai joué les sentinelles pendant une demi-heure.

— Au cas où il y aurait une inondation, comprends-tu, ou un incendie, ou si Dieu se manifestait d'une façon quelconque.

Tom sortit de son anonymat au moment où l'on servait le dîner.

— Verrais-tu un inconvénient à ce que je m'installe à cette table, là-bas ? demanda-t-il. Il y a quelqu'un qui raconte des histoires à mourir de rire.

— Ne te gêne surtout pas, répondit Daisy, enchantée. Et si tu as besoin de noter une adresse, voici mon petit porte-mine en or.

Ayant tourné la tête un peu plus tard, elle m'informa que la fille était « jolie mais vulgaire », et j'ai compris qu'à l'exception de cette courte demi-heure avec Gatsby, la soirée ne lui plaisait pas.

Je dois dire que notre table était particulièrement éméchée — et j'en étais responsable. Gatsby venait d'être demandé au téléphone, et, deux semaines plus tôt, j'avais passé une charmante soirée en compagnie de ces gens-là. Mais ce qui m'avait semblé drôle alors s'était étrangement flétri.

— Comment vous sentez-vous, Miss Baedeker ?

La jeune fille à qui je posais cette question cherchait en vain à s'endormir sur mon épaule. Elle se redressa en sursaut, et ouvrit de grands yeux.

— Quoi ?

Une lourde femme apathique, qui avait supplié Daisy de jouer au golf avec elle, le lendemain matin, sur le parcours du club local, vola au secours de Miss Baedeker.

— Oh ! elle se sent très bien maintenant. Elle se met toujours à crier comme ça après cinq ou six cocktails. Je passe mon temps à lui dire de ne plus y toucher.

— Je n'y touche plus, affirma l'accusée d'une voix éraillée.

— On vous a pourtant entendue crier. J'ai dit au Dr Civet, ici présent : « Docteur, j'entends quelqu'un qui a besoin de vous. »

— Elle vous doit des remerciements, c'est vrai, dit son voisin d'un ton sec. Mais en lui plongeant la tête dans la piscine, vous avez complètement trempé sa robe.

— S'il y a une chose que je déteste, gronda Miss Baedeker, c'est qu'on me plonge la tête dans une piscine. Un soir dans le New Jersey, ils ont failli me noyer.

— Vous devriez donc ne plus y toucher, insista le Dr Civet.

— Parlez pour vous ! cria Miss Baedeker. Vous avez vu vos mains ? Elles ont la tremblote. Jamais je ne vous laisserais m'opérer.

Voilà où nous en étions. Il me reste une dernière image : la star et son metteur en scène. Ils trônaient toujours sous le prunier sauvage, et leurs visages se touchaient presque, séparés par un seul petit fil de lune. Je me suis dit qu'il avait dû se ployer doucement, pendant toute la soirée, pour être si près d'elle — et, au moment où nous les regardions, il est descendu d'un ultime degré, et l'a embrassée sur la joue.

— Oh ! je l'aime beaucoup, murmura Daisy. Elle est tellement belle.

Mais les autres l'indisposaient — sans recours possible. Ce n'était pas une attitude, mais une réaction d'angoisse. Elle avait peur de West Egg, peur de ce « lieu sans attache » que la fantaisie de Broadway avait fait surgir d'un petit village de pêcheurs, peur de cette vitalité instinctive qui se cabrait sous le carcan des anciens euphémismes, et du destin trop désinvolte qui avait parqué ce troupeau d'habitants sur une étroite langue de terre reliant le néant au néant. Ce réalisme sans détours, qu'elle ne parvenait pas à comprendre, avait à ses yeux quelque chose d'effrayant.

Nous nous sommes assis tous les trois sur le perron en attendant leur voiture. Il faisait très sombre. Seul, un rectangle de lumière s'échappait par la porte ouverte en direction du petit jour blafard. Une ombre s'inscrivait parfois sur le rideau d'un dressing-room, puis cédait la place à une autre — un infini défilé d'ombres, qui se remettaient de la poudre et du rouge devant un miroir invisible.

— En fait, c'est qui, ce Gatsby ? interrogea Tom brusquement. Un *bootlegger* ?

— Qui t'a dit ça ? ai-je demandé.

— Personne. Je le suppose. Les nouveaux riches ne sont souvent que de gros *bootleggers*.

— Pas lui.

Tom garda le silence un moment. Son pied jouait avec les graviers de l'allée.

— Il a quand même dû ramer un bon coup pour réunir une pareille ménagerie.

Un vent léger effleura l'ombre grise du col de fourrure de Daisy.

— Plus intéressante, en tout cas, que les gens que nous fréquentons, dit-elle, en se forçant un peu.

— Tu n'avais pas l'air très intéressée.

— Je l'étais.

Tom se tourna vers moi en riant.

— As-tu remarqué la tête qu'elle faisait quand cette fille l'a suppliée de la pousser sous une douche froide ?

Daisy chantonnait avec l'orchestre, un murmure voilé, cadencé, et elle donnait à chaque mot un sens qu'il n'avait jamais eu, qu'il n'aurait jamais plus. Quand la mélodie montait vers l'aigu, sa voix se brisait doucement, pour reprendre aussitôt sur un ton plus bas, un ton de contralto, et l'air se chargeait, à chaque variation, d'une exquise bouffée de chaleur humaine.

— Beaucoup de gens ne sont pas invités, dit-elle soudain. Cette fille-là n'était pas invitée. Ils forcent sa porte, et il est trop courtois pour protester.

— J'aimerais bien savoir d'où il vient et ce qu'il fait, reprit Tom. Je vais tout mettre en œuvre pour le découvrir.

— Je peux te renseigner dès maintenant. Il possédait des pharmacies. Toute une chaîne de pharmacies qu'il a développée lui-même.

La limousine tant attendue finit par apparaître.

— Bonne nuit, Nick, murmura Daisy.

Son regard se détacha de moi et gagna le haut du perron, d'où l'on entendait, par la porte ouverte, une valse sage et mélancolique, très en vogue à l'époque : *Three o'clock in the morning*. Tout était possible après tout, dans une soirée si peu protocolaire, n'importe quel imprévu romanesque, totalement étranger au monde où elle vivait. Qu'y avait-il, dans le secret de cette valse, qui l'attirait ainsi vers l'intérieur de la maison ? Qu'allait-il arriver maintenant, au cours de ces heures indécises ? Quelqu'un peut-être ? Une invitée inattendue, une créature irréelle, d'une essence si rare qu'elle ne pouvait qu'éblouir, une jeune fille au rayonnement intact, qui d'un seul regard vers Gatsby, un regard neuf, en un bref instant d'affrontement magique, lui ferait oublier cinq ans d'absolue dévotion.

J'ai veillé tard, cette nuit-là. Gatsby désirait me voir dès qu'il serait libre. J'ai donc erré dans les jardins, en attendant que l'inévitable poignée d'audacieux baigneurs remontent en courant de la plage obscure, surexcités et bleus de froid, que la dernière lampe s'éteigne dans les chambres d'amis. Lorsqu'il est enfin sorti sur le perron, les traits de son visage étaient anormalement tirés. Il avait un regard épuisé et brûlant.

— Elle n'a pas aimé, a-t-il déclaré aussitôt.

— Bien sûr que si.

— Je vous dis qu'elle n'a pas aimé. Elle n'était pas heureuse.

Il garda le silence un moment. Je le sentais découragé.

— J'ai l'impression d'être si loin d'elle. C'est si difficile de lui faire comprendre.

— Vous parlez de la danse ?

— La danse ?

Il effaça, d'un simple claquement de doigts, toutes les danses qu'il avait accordées.

— Danser ne compte pas, cher vieux !

Ce qu'il attendait de Daisy ? Qu'elle aille trouver Tom et lui dise : « Je ne t'ai jamais aimé. » Rien de moins. Ayant ainsi, d'une seule phrase, réduit trois années de sa vie à néant, ils pourraient discuter des mesures à prendre. L'une d'elles étant qu'ils retourneraient à Louisville, dès que la rupture serait officielle, et qu'elle l'épouserait chez elle, dans sa maison d'enfance — comme s'ils revenaient cinq ans en arrière.

— C'est ce qu'elle ne veut pas comprendre. Elle comprenait si bien autrefois. Nous restions assis pendant des heures, et…

Il s'interrompit, et je le vis errer au milieu des débris qui jonchaient le sol : écorces de fruits, rubans piétinés, fleurs fanées.

J'ai risqué un conseil :

— Je ne lui en demanderais peut-être pas tant. On ne ressuscite pas le passé.

— On ne ressuscite pas le passé ? répéta-t-il, comme s'il refusait d'y croire. Mais bien sûr qu'on le ressuscite !

Il regarda autour de lui avec une brusque violence, comme si le passé était là, tapi dans l'ombre de la maison, mais hors de portée.

— Je ferai tout pour que les choses soient comme avant. Exactement comme avant.

Il secoua la tête avec force.

— Elle verra !

Et il me parla longtemps du passé. J'ai eu le sentiment qu'il était en quête de quelque chose, une idée de lui-même peut-être, qui s'était égarée lorsqu'il avait aimé Daisy. Du jour où il l'avait aimée, sa vie n'avait plus été que désordre et confusion. Mais s'il pouvait refaire le chemin pas à pas, revenir à l'endroit précis où tout s'était joué, il finirait par découvrir l'objet de sa quête…

… Une nuit d'automne, cinq ans plus tôt. Ils longeaient une rue, et les feuilles mortes tombaient autour d'eux, et ils sont arrivés à un endroit sans arbres, où le trottoir était blanc sous la lune. Ils se sont arrêtés. Ils se sont tournés l'un vers l'autre. C'était une nuit silencieuse, traversée par ce mystérieux battement de fièvre, qui souligne deux fois par an les changements de saison. Les douces lumières des maisons ronronnaient dans l'obscurité, et l'on devinait dans le ciel un tournoiement d'étoiles. A la frange de son regard, Gatsby découvrait l'alignement des trottoirs, qui dessinait comme une échelle, et cette échelle conduisait vers un lieu secret au-dessus des arbres — il pouvait y monter, s'il y montait seul, et l'ayant atteint, boire la vie à sa source même, se gorger du lait transcendant des prodiges.

Le visage clair de Daisy se levait lentement vers lui, et il sentait son cœur battre de plus en plus vite. Il savait qu'au moment où il embrasserait cette jeune fille, au moment où ses rêves sublimes épouseraient ce souffle fragile, son esprit perdrait à jamais l'agilité miraculeuse de l'esprit de Dieu. Il avait alors attendu, écouté encore un moment la vibration du diapason qui venait de heurter une étoile, puis il l'avait embrassée, et à l'instant précis où ses lèvres touchaient les siennes, il avait senti qu'elle s'épanouissait comme une fleur à son contact, et l'incarnation s'était achevée.

A travers ce qu'il disait, et malgré une sentimentalité excessive, je retrouvais quelque chose, à mon tour — une cadence insaisissable, des fragments de mots oubliés, quelque chose qui s'était passé bien des années auparavant. J'ai senti pendant un moment qu'une phrase cherchait à prendre forme dans ma bouche, et j'ai ouvert les lèvres, comme un muet, sous la pression d'une force bien au-delà d'une simple respiration et qui cherchait à s'échapper. Mais elles ne formèrent aucun son, et ce dont j'étais sur le point de me souvenir est resté indicible à jamais.

VII

C'est au moment où la curiosité dont il était l'objet devenait la plus vive que Gatsby renonça, un certain samedi soir, à illuminer ses jardins — et sa carrière de Trimalcion prit fin aussi mystérieusement qu'elle avait commencé.

Je n'ai pas remarqué tout de suite que les voitures qui s'engageaient dans son allée avec allégresse ne s'y arrêtaient qu'une minute, puis faisaient à regret demi-tour. Pensant qu'il était souffrant, j'ai voulu prendre de ses nouvelles. Un majordome inconnu, au visage patibulaire, me jeta un regard soupçonneux par l'entre-bâillement de la porte.

— Mr Gatsby va bien ?

— M'ouais.

Suivi, avec un bref retard, d'un « m'sieur » incertain.

— Je m'inquiétais de ne plus le voir. Dites-lui que Mr Carraway l'a demandé.

Un grognement.

— Qui ça ?

— Carraway.

— Carraway, d'accord. Je lui dirai.

Il me claqua la porte au nez.

J'appris de ma Finlandaise que Gatsby avait renvoyé tous ses domestiques la semaine précédente, et engagé une demi-douzaine de nouveaux. Ils n'allaient jamais à West Egg Village, pour éviter d'être soudoyés par les commerçants et passaient leurs commandes par télé-phone, toujours en petite quantité. Selon le témoignage du garçon épicier, la cuisine ressemblait à une porche-rie, et tout le monde était convaincu, au village, que ces nouveaux venus n'étaient en rien des domestiques.

Gatsby me téléphona le lendemain.

— Sur le départ ? ai-je demandé.

— Non, cher vieux.

— J'apprends que vous avez licencié votre person-nel.

— Pour éviter les on-dit. Daisy vient souvent me voir — l'après-midi.

L'Hostellerie-caravansérail s'était donc effondrée comme un château de cartes sous le regard désapproba-teur de Daisy.

— Les nouveaux sont des protégés de Wolfshiem. Tous frères et sœurs. Ils tenaient un petit meublé.

— Je vois.

Il me téléphonait de la part de Daisy : étais-je libre, le lendemain, pour déjeuner chez elle ? Miss Baker y serait aussi. Daisy m'appela elle-même, une demi-heure plus tard. Elle sembla rassurée que j'accepte. Il se préparait donc quelque chose. Mais comment pouvais-je me douter qu'ils profiteraient de l'occasion pour déclencher leur offensive — et plus précisément cette scène de rupture dont Gatsby m'avait esquissé les grandes lignes dans son jardin ?

Le lendemain fut une journée torride, l'une des dernières de l'été, et sur tous les plans la plus étouffante. Au moment où mon train jaillissait du tunnel de la gare, les sirènes frénétiques de la National Biscuit Company déchirèrent le silence hébété de midi. Ma voisine supporta, dans un premier temps, les perles de transpiration qui ornaient peu à peu son chemisier crème, mais lorsqu'elle sentit son journal se liquéfier entre ses doigts, elle renonça à se défendre et s'abandonna à la canicule avec un soupir désolé. Elle en perdit son porte-billets.

— Oh ! non ! gémit-elle en un dernier sursaut.

Je ramassai l'objet, au prix d'un grand effort, et le tendis à bout de bras, du bout des doigts, par l'un des coins, pour bien montrer que je ne nourrissais aucune intention malveillante à son égard — ce dont les voyageurs, et ma voisine la première, s'empressèrent de me suspecter.

— Ça tape, hein ! disait le contrôleur aux usagers qu'il connaissait. Pour taper, ça tape ! Chaud… Chaud… Chaud… Fait assez chaud pour vous ?… Fait vraiment chaud ?… Fait chaud ?…

Il me rendit ma carte d'abonnement noircie par l'empreinte de ses doigts. Mais, par de telles chaleurs, qui oserait reprocher aux lèvres qu'il embrasse d'être congestionnées, au visage qui repose contre son cœur d'humecter la poche de son pyjama ?

… Un petit souffle d'air traversa le hall des Buchanan, pendant que nous attendions à la porte, Gatsby et moi, et nous permit d'entendre la sonnerie du téléphone.

Je crus que le maître d'hôtel allait hurler dans l'appareil :

— Le châssis de Monsieur ? Désolé, madame, mais on ne peut pas vous l'apporter. Il est trop bouillant à midi, pour qu'on lui mette la main dessus.

Mais il répondit, en réalité :

— Oui… Oui… Je vais voir.

Puis il posa le récepteur, vint vers nous, le front légèrement moite, et nous débarrassa de nos panamas empesés.

— Madame vous attend dans le salon, annonça-t-il, en nous indiquant bien inutilement le chemin.

Tout geste superflu, dans une telle fournaise, pouvait porter atteinte aux réserves de vie les plus élémentaires.

Blottie à l'ombre de ses stores, la pièce était obscure et fraîche. Etendues sur le canapé, comme deux idoles d'argent, Jordan et Daisy défendaient leurs robes légères contre l'humeur folâtre des ventilateurs.

— Incapables de faire un geste, ont-elles murmuré d'une seule voix.

Les doigts de Jordan, poudrés de blanc sur leur bronzage, s'attardèrent un instant dans les miens.

— Et Mr Buchanan, le célèbre athlète ? ai-je demandé.

Au même instant, j'ai entendu sa voix, enrouée, revêche, assourdie, qui téléphonait dans le hall.

Immobile au centre de la pièce sur le tapis lie-de-vin, Gatsby regardait autour de lui. Il semblait fasciné. Daisy l'observait. Quand elle se mit à rire, d'un petit rire tendre et nerveux, un délicat nuage de poudre monta de sa poitrine.

— Le bruit court, murmura Jordan, que nous avons au téléphone la bonne amie de Tom.

Nous n'avons plus rien dit. La voix, dans le hall, était devenue véhémente.

— Bon, parfait, je ne vous vends pas ma voiture… Non, je ne vous ai rien promis du tout… De toute façon, je ne supporte pas que vous me dérangiez pour ça à l'heure du déjeuner.

— Personne au bout du fil, dit Daisy avec ironie.

Je l'ai détrompée.

— Non, non, il ne joue pas. C'est une affaire sérieuse. Je suis au courant sans l'avoir voulu.

Le corps massif de Tom s'encadra dans la porte, l'obstrua un instant et finit par entrer dans la pièce.

— Mr Gatsby…

Il lui tendit sa large main avec une antipathie savamment masquée.

— Ravi de vous voir… Nick…

— Va nous préparer des boissons glacées, s'écria Daisy.

Elle se leva dès qu'il fut sorti, s'approcha de Gatsby, leva son visage vers lui, l'embrassa sur les lèvres.

— Je vous aime et vous le savez, murmura-t-elle.

— Tu as l'air d'oublier qu'il y a ici une dame fort respectable, dit Jordan.

— Embrasse Nick, toi aussi.

— Oh ! cette créature est d'un vulgaire !

— Et après ?

Daisy esquissa un pas de claquettes sur la bordure de briques qui encadrait la cheminée. Mais elle se souvint qu'il faisait très chaud, et revint, l'air coupable, s'allonger sur le canapé, au moment où une nurse immaculée pénétrait dans la pièce avec une petite fille.

— Tré-sor-a-do-ré! chantonna-t-elle en ouvrant les bras. Venez vite embrasser votre maman qui vous a-do-re!

La petite fille lâcha la main de la nurse, traversa la pièce en courant, et vint se blottir, tout intimidée, dans la jupe de sa mère.

— Oh! Tré-sor-a-do-ré! Ta vilaine maman, qui met de la poudre sur tes pauvres cheveux blondasses! Maintenant on se tient bien droite, et on dit: Bou-jou-ça-va?

Nous nous sommes penchés, l'un après l'autre, pour serrer la petite main réticente. Gatsby regardait l'enfant avec stupeur. Je pense qu'il n'avait pas cru jusque-là qu'elle existât réellement.

— On m'a habillée avant le déjeuner, dit-elle, en rejoignant rapidement Daisy.

— Parce que ta maman voulait te montrer.

Elle inclina la tête, jusqu'à effleurer la ride imperceptible qui marquait le petit cou blanc.

— Un rêve, toi. Un merveilleux petit rêve.

— Oui, répondit l'enfant sans s'émouvoir. Tante Jordan a une robe blanche, elle aussi.

— Comment trouves-tu les amis de ta maman?

Elle lui fit faire demi-tour, pour qu'elle soit face à Gatsby.

— Les trouves-tu gentils?

— Où est papa?

— Elle ne ressemble pas du tout à son père, affirma Daisy. C'est à moi qu'elle ressemble. Elle a mes cheveux et le même contour de visage.

Puis elle s'allongea sur le canapé. La nurse fit un pas en avant, et tendit la main.

— Viens, Pammy.

— Au revoir, chérie.

La petite fille regarda à regret par-dessus son épaule, puis, très obéissante, se cramponna à la main de sa nurse, et disparut à l'instant précis où Tom revenait, portant quatre gin-fizz, dans lesquels cliquetaient des glaçons.

— Ils ont l'air bien frais, dit Gatsby en prenant un verre.

Je le sentais tendu. Nous avons bu à longues gorgées d'assoiffés.

— J'ai lu quelque part que le Soleil se réchauffe un peu plus chaque année, dit Tom, qui s'efforçait d'être affable. On dit même que dans peu de temps la Terre s'abîmera dans le Soleil… Ou plutôt, attendez une seconde… C'est exactement le contraire : le Soleil se refroidit un peu plus chaque année.

Il regarda Gatsby.

— Sortons un instant. Pour que vous admiriez la vue.

Je les accompagnai sous la véranda. Les eaux du détroit étaient vertes, immobiles dans la chaleur. Un voilier minuscule y traçait lentement son chemin vers les profondeurs plus fraîches de la mer. Gatsby le suivit des yeux un instant, puis montra la rive opposée.

— Je suis juste en face de vous.

— En effet.

Nous avons regardé les parterres de roses, la pelouse en feu, les sentiers le long du rivage, où pourrissaient les algues desséchées. Les ailes blanches du voilier glissaient à l'horizon sur le bleu transparent du ciel. Au-delà s'étendaient les failles de l'océan et le foisonnement des îles de miséricorde.

— Ça, c'est un sport, un vrai, dit Tom en hochant la tête. J'aimerais le rejoindre et passer une bonne heure avec lui.

Le déjeuner fut servi dans la salle à manger, assombrie elle aussi par les stores, et la bière glacée que nous avons bue a fait naître une gaieté factice.

— Qu'allons-nous faire de nous, cette après-midi, s'écria Daisy, et demain, et durant les trente ans qui vont suivre ?

— Pas de pessimisme morbide, protesta Jordan. La chaleur tombe toujours en automne, et la vie reprend.

— Mais il fait si lourd…

Daisy semblait au bord des larmes.

— … et tout est si confus. Si on allait en ville ?

Elle luttait contre la chaleur, et sa voix cherchait à la marteler, à lui donner forme, à vaincre cette léthargie.

— J'ai déjà entendu raconter qu'on pouvait transformer une écurie en garage, disait Tom à Gatsby, mais je crois être le premier à avoir transformé un garage en écurie.

— Qui veut aller en ville ? demanda Daisy avec insistance.

Le regard de Gatsby se tourna vers elle.

— Oh ! vous semblez si calme, se plaignit-elle.

Leurs yeux se rencontrèrent. Ils se regardèrent fixement, soudés l'un à l'autre, hors du temps. Elle dut faire un grand effort pour regarder de nouveau vers la table.

— Vous semblez toujours si calme, répéta-t-elle.

Elle venait de lui dire qu'elle l'aimait, et Tom Buchanan l'avait entendue. Ses lèvres s'entrouvrirent. Il regarda Gatsby, puis revint vers Daisy, et c'était comme s'il reconnaissait en elle quelqu'un qu'il avait connu autrefois.

— Vous me faites penser à cette affiche publicitaire, continua-t-elle naïvement. L'homme, vous savez, sur l'affiche, qui…

Tom l'interrompit brutalement.

— On va en ville, d'accord. Je suis prêt. On y va. On va tous en ville.

Il se leva. Son regard ne cessait d'épier Gatsby et sa femme. Aucun d'entre nous ne bougea.

— Et alors ?

Il commençait à s'énerver.

— Alors, qu'attendez-vous ? Si on y va, partons.

Il porta son verre de bière à ses lèvres. Sa main tremblait. Il avait du mal à la maîtriser. La voix de Daisy nous obligea à nous lever, et à descendre vers l'allée de graviers, incandescents sous le soleil. Au dernier moment, elle tenta une ultime diversion.

— On part vraiment comme ça ? Sans même fumer une cigarette ?

— Tout le monde a fumé pendant le repas.

— Oh ! par pitié ! supplia-t-elle, essayons de sourire. Il fait trop chaud pour discuter.

Il ne répondit pas.

— Pars de ton côté. Viens, Jordan.

Elles disparurent dans la maison, et nous sommes restés tous les trois, à faire rouler du bout du pied le gravier surchauffé. Un croissant de lune argenté pointait déjà vers le couchant. Gatsby fut sur le point de dire quelque chose et se ravisa, mais trop tard, car Tom s'était tourné vers lui, aux aguets.

— Pardon ?

Gatsby fit un effort pour poser une question.

— Où sont vos écuries ?

— A un quart de *mile* environ, le long de la côte.

— Ah ! très bien.

Court silence.

— Je ne comprends pas cette lubie, de vouloir aller à New York ! dit Tom avec violence. Quand les femmes se sont mis une idée en tête…

— Faut-il emporter de quoi boire ? demanda Daisy, penchée à l'une des fenêtres du premier étage.

— Je prends du whisky, répondit Tom, et il disparut à son tour.

Gatsby se tourna vers moi. Il était comme paralysé.

— Impossible de m'expliquer avec lui dans sa propre maison, cher vieux.

— La voix même de Daisy y est différente, en effet. Une voix impudique, arrogante. Elle semble pleine…

Je cherchais le mot juste.

— Elle a la voix pleine d'argent, dit-il soudain.

C'était vrai. Je ne l'avais pas compris jusque-là. Pleine d'argent — d'où sa fascination, le charme envoûtant des modulations, ce cliquetis, ce frémissement de cymbales… Lointaine, en son palais de marbre, fille du Roi, princesse d'or…

Tom sortit de la maison, enveloppant une bouteille dans une serviette. Daisy et Jordan suivaient, coiffées de ravissants petits chapeaux en tissu argenté, des capes légères sur le bras.

— Voulez-vous que nous prenions ma voiture ? proposa Gatsby.

Il toucha le cuir vert des sièges, qui était brûlant.

— J'aurais dû la garer à l'ombre.

— Le changement de vitesse est standard ? demanda Tom.

— Oui.

— Alors, prenez mon coupé, et laissez-moi conduire votre voiture.

Suggestion qui fut loin d'enthousiasmer Gatsby. Il chercha une échappatoire.

— J'ai peur qu'il n'y ait pas assez d'essence.

— Le réservoir est plein, dit Tom d'un ton sec.

Il vérifia la jauge.

— Si j'en manque, je m'arrêterai dans une pharmacie. On trouve tout ce qu'on veut aujourd'hui dans les pharmacies.

Cette réflexion, apparemment anodine, provoqua un brusque silence. Daisy regarda Tom en fronçant les sourcils, et le visage de Gatsby prit une expression indéfinissable, que je ne connaissais pas, mais que je croyais pourtant reconnaître, comme si, sans l'avoir jamais vue, quelqu'un me l'avait longuement décrite.

— Viens, Daisy.

Tom la poussait avec nervosité vers la voiture de Gatsby.

— Je t'emmène dans cette roulotte de cirque.

Il ouvrit la portière, mais elle se dégagea.

— Prends Jordan et Nick avec toi. Nous vous suivons dans le coupé.

Elle rejoignit Gatsby, lui posa la main sur le bras. Je montai donc, avec Jordan, dans la voiture de Gatsby. Après quelques tâtonnements, Tom parvint à embrayer, et nous sommes partis comme une flèche, dans la chaleur suffocante, laissant les autres loin derrière.

— Tu as vu? me demanda Tom.

— Vu quoi ?

Il me regarda et comprit, en un bref coup d'œil, que nous étions dans le secret, Jordan et moi, depuis longtemps.

— Vous devez me prendre pour le dernier des demeurés. Je le suis peut-être. Mais je possède un don de double vue, qui me dicte de temps en temps l'attitude que je dois adopter. Libre à vous de ne pas croire à ces choses-là, mais la science…

Il n'alla pas plus loin. Le flot récurrent des contingences immédiates l'empêcha de sombrer dans les abysses de l'abstraction.

— J'ai fait ma petite enquête concernant ce bonhomme, et je l'aurais poussée plus loin si j'avais su à temps…

Jordan voulut plaisanter.

— Vous avez consulté un médium ?

— Un quoi ?

Il ne comprenait pas ce qui nous faisait rire.

— Un médium ?

— Au sujet de Gatsby.

— Au sujet de Gatsby ? Bien sûr que non. Je vous ai dit que j'avais fait une petite enquête concernant son passé, et…

— … et vous avez découvert que c'était un ancien d'Oxford, dit Jordan avec obligeance.

— Oxford ?

Il refusait d'y croire.

— Oxford ? A d'autres ! Il porte un complet rose.

— Ça n'empêche rien.

— Alors, c'est Oxford au Nouveau-Mexique, ou quelque chose comme ça !

152

Il ricanait avec un tel mépris que Jordan perdit patience.

— Ecoutez, Tom, si vous êtes snob à ce point, pourquoi l'inviter à déjeuner ?

— C'est Daisy qui l'a invité. Elle l'a rencontré avant notre mariage. Dieu sait où !

L'euphorie de la bière s'était dissipée. Nous nous sentions de plus en plus nerveux et nous avons jugé plus sage de rouler en silence. Mais, au moment où les yeux délavés du Dr T.J. Eckleburg se sont dressés au-dessus de la route, j'ai cru bon d'évoquer la phrase de Gatsby concernant l'essence.

— On a de quoi aller jusqu'à New York, affirma Tom.

— Mais il y a un garage tout près, protesta Jordan. Je ne tiens pas à tomber en panne et à mijoter dans cette bouilloire.

Tom fit jouer les freins avec emportement, et nous avons atterri sur la piste de cendres, devant l'enseigne de Wilson. Lequel mit longtemps à sortir de son garage et regarda notre voiture d'un œil morne.

— Le plein ! gronda Tom. Pourquoi pensez-vous qu'on s'arrête ? Pour admirer le paysage ?

— Suis malade, répondit Wilson sans bouger. Eté malade toute la journée.

— Comment ça ?

— Perds mes forces.

— Et alors ? Vous attendez que je me serve moi-même ? Tout à l'heure, au téléphone, vous étiez en pleine forme.

Wilson s'arracha avec peine de la porte contre laquelle il s'adossait, qui lui faisait de l'ombre et, la respiration sifflante, dévissa le bouchon du réservoir. Au soleil, son visage était vert.

— Je ne pensais pas interrompre votre déjeuner, dit-il. Mais j'ai besoin d'argent, et je voulais savoir ce que vous comptiez faire de votre vieille voiture.

— Comment trouvez-vous celle-ci ? Je l'ai achetée la semaine dernière.

— Très joli jaune crème, répondit Wilson en actionnant la pompe à essence.

— Vous me l'achetez ?

— Y a toutes les chances !

Il eut un faible sourire.

— Sérieusement, l'autre pourrait me rapporter un peu.

— Pourquoi avez-vous besoin d'argent, tout d'un coup ?

— Pour partir. Ça fait trop longtemps que je suis ici. Ma femme et moi, on veut aller dans l'Ouest.

— Votre femme ? répéta Tom, la voix rauque.

— Dix ans qu'elle en parle.

Il s'appuya contre la pompe, un instant, en se protégeant les yeux.

— Maintenant, qu'elle dise oui ou non, elle ira. Je l'emmène loin d'ici.

Le coupé apparut en scintillant dans un nuage de poussière et l'éclair d'une main nous adressa un petit signe d'adieu.

— Je vous dois combien ? demanda Tom.

— Depuis deux jours, j'ai découvert une chose bizarre, continua Wilson. C'est pour ça que je veux partir. C'est pour ça que je vous ai dérangé pour la voiture.

— Je vous dois combien ?

— Un dollar vingt.

Il faisait si chaud que je n'avais plus les idées très claires, et j'ai mis un peu de temps à comprendre que les soupçons de Wilson ne s'étaient pas encore portés sur Tom. Il avait découvert, deux jours plus tôt, que Myrtle menait une autre vie, dans un autre monde, en dehors de lui, et cette découverte l'avait rendu malade. Je l'ai regardé, puis j'ai regardé Tom, qui avait fait, une heure plus tôt, la même découverte à ses dépens — et je me suis dit qu'au-delà de la race et de l'intelligence, il n'existait, entre les humains, qu'une seule différence essentielle : les malades, et les bien-portants. Wilson était tellement malade qu'il faisait figure de coupable, et de coupable sans rémission possible — comme s'il venait d'engrosser une pauvre fille.

— Je vous donne ma voiture à vendre, dit Tom. On vous l'apportera demain.

Malgré la lumière implacable de l'après-midi, cet endroit gardait quelque chose d'inquiétant, et j'ai soudain tourné la tête, comme averti d'une obscure menace. Surmontant la vallée de cendres, les yeux démesurés du Dr T.J. Eckleburg continuaient leur surveillance, mais j'ai pris conscience, au bout d'un instant, que d'autres yeux, à quelques pas, nous observaient intensément.

Le rideau d'une des fenêtres s'était écarté au-dessus du garage, et Myrtle Wilson regardait la voiture. Avec une telle attention qu'elle en oubliait qu'on pouvait la voir, et les émotions se succédaient sur son visage, comme les détails d'une photographie sous l'effet du révélateur. Son expression me parut étrangement familière — une expression que j'avais souvent vue sur le visage d'autres femmes, mais sur le visage de Myrtle Wilson elle me semblait incongrue, sans objet, jusqu'au moment où je compris que ses yeux, dilatés de peur et de jalousie, ne se posaient pas sur Tom, mais sur Jordan Baker, qu'elle prenait pour sa femme.

Il n'y a pas de plus grand désarroi que celui d'un esprit candide, et quand nous sommes repartis Tom sentit se lever en lui un vent de panique. Sa femme et sa maîtresse, qu'il considérait, une heure plus tôt, comme infaillibles et inviolables, prenaient soudain la fuite, chacune de son côté, en échappant à son contrôle. Son premier réflexe fut d'écraser l'accélérateur et de retrouver Daisy au plus vite tout en s'éloignant de Wilson. Nous avons donc traversé Astoria à près de cinquante à l'heure, jusqu'au moment où le coupé bleu, qui roulait à petite allure, apparut entre les pylônes du métro aérien.

— Il fait toujours très frais dans les grands cinémas qui entourent les 50es Rues, dit Jordan. J'adore ces après-midi d'été à New York quand il n'y a personne. Ils ont quelque chose de sensuel, d'un peu trop mûr — comme toutes sortes de fruits exotiques qui vous tomberaient soudain dans les mains.

Le mot « sensuel » sembla raviver le désarroi de Tom, mais il n'eut pas le temps de protester, car le coupé venait de s'arrêter et Daisy nous faisait signe de nous ranger à ses côtés.

— Où va-t-on ?

— Que dirais-tu d'un cinéma ?

— Trop chaud, soupira-t-elle. Allez-y. Nous, on fait juste un petit tour et on se retrouve plus tard.

Et, dans un effort pour paraître drôle :

— On se retrouve au coin de la rue. Je suis l'homme qui fume deux cigarettes.

— Impossible de s'entendre, cria Tom, car un énorme camion klaxonnait dans notre dos. Suivez-moi jusqu'à l'entrée sud de Central Park, face au Plaza.

Il tournait sans arrêt la tête pour s'assurer qu'ils nous suivaient, et lorsqu'ils se perdaient dans la circulation il freinait en les attendant, craignant peut-être qu'ils ne profitent de la première rue latérale pour sortir à jamais de sa vie.

Mais ils nous ont suivis jusqu'au bout et nous nous sommes lancés en chœur dans d'extravagantes démarches pour louer l'une des suites du Plaza.

Le détail des interminables et orageuses négociations qui nous ont permis d'échouer dans cette pièce m'échappe aujourd'hui complètement. Je n'ai qu'un souvenir, une sensation physique : mes sous-vêtements qui me collaient à la peau comme des serpents, et la petite rigole de transpiration qui me coulait dans le dos. L'idée de départ, suggérée par Daisy, était de louer cinq salles de bains pour nous offrir chacun un bain froid — mais elle se transforma en quelque chose de plus concret : un lieu « où siroter un *mint julep* ». Et nous avons discuté tous ensemble avec un réceptionniste ahuri, en croyant, ou feignant de croire, que nous étions très spirituels.

C'était une grande pièce étouffante. En ouvrant les fenêtres, et bien qu'il soit plus de quatre heures, nous n'avons eu droit qu'à une bouffée d'air chaud montant des feuillages de Central Park. Daisy s'approcha d'un miroir et se recoiffa en nous tournant le dos.

— C'est une suite pour grosses légumes, murmura Jordan avec déférence, et tout le monde a ri.

— Qu'on ouvre une autre fenêtre, ordonna Daisy sans se retourner.

— Il n'y en a pas d'autres.

— Alors, qu'on téléphone à la réception pour qu'elle nous fournisse une hache et…

Tom intervint, exaspéré.

— Ça suffit avec ta chaleur ! Oublie-la ! Plus tu en parles, plus on a du mal à la supporter !

Il déplia la serviette, en sortit la bouteille de whisky qu'il posa sur la table.

— Pourquoi lui parlez-vous sur ce ton, cher vieux ? demanda Gatsby. C'est vous qui avez insisté pour venir en ville.

Il y eut un silence. Puis l'annuaire du téléphone se détacha de son crochet et tomba sur le tapis. Jordan murmura : « Excusez-moi ! », mais personne n'a ri. J'ai voulu me lever.

— Je vais le ramasser.

— Laissez, dit Gatsby.

Il examina le crochet, émit un « Hum ! » lourd d'incertitude et lança l'annuaire sur une chaise.

— C'est une de vos expressions favorites, il me semble, dit Tom d'un ton cassant.

— Laquelle ?

— Cher vieux. Où avez-vous pêché ça ?

— Attention, Tom…

Daisy s'était retournée.

— Pas de réflexions personnelles, sinon je m'en vais sur-le-champ. Demande plutôt à la réception qu'on nous apporte de la menthe fraîche.

Tom décrocha le récepteur. L'atmosphère étouffante se transforma soudain en une explosion de musique — et les accords majestueux de la *Marche nuptiale* de Mendelssohn arrivèrent jusqu'à nous de la salle de bal.

— Oh! soupira Jordan sur un ton lugubre. Epouser quelqu'un par un temps pareil!

— Attends, mais… Mais je me suis mariée à la mi-juin, dit Daisy. Louisville à la mi-juin, souviens-toi. Quelqu'un s'est trouvé mal. Qui s'est trouvé mal, Tom?

— Biloxi, répondit-il très vite.

— Un certain Biloxi. On le surnommait « Biloxi-la-Caboche », et il taillait des cabochons, c'est absolument vrai, et il était de Biloxi, dans le Tennessee.

— On l'a transporté chez nous, enchaîna Jordan, parce que nous habitions à deux pas de l'église. Il s'est incrusté trois semaines, et mon père a fini par le mettre à la porte. Et le lendemain du jour où il est parti, mon père est mort.

Elle ajouta, après une brève hésitation, comme si ce qu'elle venait de dire pouvait paraître inconvenant :

— Ce n'était qu'une coïncidence.

J'ai tenté de poursuivre la conversation.

— Il me semble que j'ai connu un Bill Biloxi de Memphis.

— C'était son cousin. Avant qu'il s'en aille, j'ai eu droit à une généalogie détaillée. Et il m'a offert un *putter* en aluminium, avec lequel je joue encore.

L'orchestre s'était tu pendant la cérémonie. Il y eut soudain de longues acclamations, suivies de « Hurrahs » frénétiques, et des premières mesures de jazz qui ouvraient le bal.

— Nous nous faisons vieux, soupira Daisy. Si nous étions encore jeunes, nous nous lèverions pour danser.

— Souviens-toi de ce qui est arrivé à Biloxi, dit Jordan.

Et, à Tom :

— Comment l'avez-vous connu ?

— Biloxi ?

Il fit un effort pour se souvenir.

— Je ne le connaissais pas. C'était un ami de Daisy.

— Pas du tout, protesta-t-elle. Je ne l'avais jamais vu. Il est arrivé dans l'un des wagons réservés.

— Peut-être, mais il a prétendu qu'il te connaissait. Qu'il t'avait connue à Louisville. Assa Bird nous l'a confié à la dernière minute en nous demandant si nous avions une place pour lui.

Jordan souriait.

— Il essayait sans doute de voyager gratis. Il m'a dit à moi qu'il avait été votre délégué de classe à Yale.

— Biloxi ?

Nous nous sommes regardés, Tom et moi, stupéfaits.

— De toute façon, nous n'avions pas de délégué de classe.

Gatsby frappait nerveusement du pied, comme pour attirer l'attention, et Tom se tourna vers lui.

— A propos, Mr Gatsby, j'ai cru comprendre que vous étiez un ancien d'Oxford.

— Pas tout à fait.

— J'ai cru comprendre, en tout cas, que vous étiez allé à Oxford.

— J'y suis allé. C'est exact.

160

Un silence, puis Tom ironique, insultant :

— A la même époque, sans doute, où Biloxi était à Yale.

Nouveau silence. On frappa à la porte. Un valet de chambre entra, avec des feuilles de menthe flétries et de la glace pilée, mais ni son « Merci » murmuré, ni le bruit étouffé de la porte qui se refermait, ne réussirent à rompre le silence. Ce point capital allait être enfin éclairci.

— J'y suis allé. Je vous l'ai dit.

— J'ai bien entendu. J'aimerais savoir à quelle époque ?

— En 1919. Je n'y suis resté que cinq mois. Je ne peux donc pas dire que je suis un ancien d'Oxford.

Tom se tourna vers nous, pour savoir si nous partagions son incrédulité, mais nous regardions tous Gatsby.

— Une occasion qui s'est présentée après l'armistice. Un certain nombre d'officiers ont eu le droit de s'inscrire à l'université de leur choix, en France ou en Angleterre.

J'ai eu envie de le rejoindre et de lui donner une tape amicale sur l'épaule. Je retrouvais cette absolue confiance en lui que j'avais déjà éprouvée.

Daisy se leva, avec une ombre de sourire, et s'approcha de la table.

— Débouche ce whisky, Tom. Je vais te préparer un *mint julep*. Tu te sentiras peut-être un peu moins ridicule après ça. Oh ! ces feuilles de menthe, dans quel état…

— Une seconde ! aboya Tom. J'ai encore une question à poser à Mr Gatsby.

— Faites, dit Gatsby, très courtois.

— Quel genre de grabuge cherchez-vous à provoquer chez moi ?

Ils se trouvaient enfin à découvert et Gatsby en était heureux.

— Il ne veut rien provoquer du tout !

Daisy les regardait l'un et l'autre, effrayée.

— C'est toi qui le provoques. Garde ton sang-froid.

— Mon sang-froid ! répéta Tom avec stupeur. Si je comprends bien, pour être à la mode, il faudrait que je reste assis et que je laisse Monsieur-n'importe-qui, venu de N'importe-où, faire l'amour à ma femme ! Si vous avez ça en tête, ne comptez pas sur moi. Aujourd'hui, on bafoue ouvertement la vie de famille et les institutions qui la protègent. Demain, on jettera tout par-dessus bord, et on verra des mariages entre Blancs et Noirs.

Enivré par son propre réquisitoire, il se voyait comme l'ultime combattant dressé sur l'ultime rempart de notre civilisation.

— Nous sommes tous blancs ici, murmura Jordan.

— Je suis vieux jeu, et je le sais. Je ne donne pas de grandes soirées. Pour se faire des amis aujourd'hui, j'imagine qu'il faut transformer sa propre maison en cloaque !

Aussi irrité que je puisse l'être — et nous l'étions tous — j'avais du mal à m'empêcher de rire chaque fois qu'il ouvrait la bouche. Le parfait libertin se changeait soudain en dévot.

— J'ai quelque chose d'important à *vous* dire, vieux frère, commença Gatsby.

Mais Daisy, éperdue, lui coupa la parole.

— Non, par pitié, ne dites rien. Rentrons à la maison. Rentrons tous à la maison. Vous voulez bien ?

Je me suis levé.

— Excellente idée. Viens, Tom. Plus personne n'a envie de boire.

— Moi, j'ai envie de savoir ce que Mr Gatsby a de si important à me dire.

— Votre femme ne vous aime pas. Elle ne vous a jamais aimé. Elle m'aime.

— Vous êtes complètement fou, répondit Tom, machinalement.

Mais Gatsby s'était levé, dans un grand élan passionné.

— Elle ne vous a jamais aimé, vous m'entendez ? Elle vous a épousé parce que je n'avais pas d'argent et qu'elle ne pouvait plus attendre. C'est une erreur, une terrible erreur, mais dans son cœur elle n'a jamais aimé que moi.

Nous avons alors voulu disparaître, Jordan et moi, mais Tom et Gatsby ont insisté, l'un et l'autre, avec la dernière énergie, pour que nous restions — comme s'ils n'avaient rien à cacher, et qu'éprouver leurs émotions, par personnes interposées, était un immense privilège.

— Daisy, dit Tom. Assieds-toi.

Il tentait sans y parvenir de prendre une voix paternelle.

— Que s'est-il passé ? Je veux tout savoir.

— Je viens de vous dire ce qui s'était passé, répondit Gatsby. Ce qui se passe depuis cinq ans. A votre insu.

Tom se tourna vers Daisy.

— Tu as vu cet individu pendant cinq ans ?

163

— Non, elle ne m'a pas vu. C'était impossible de nous rencontrer. Mais nous nous sommes aimés tout ce temps-là, cher vieux, et vous n'en saviez rien. Il m'arrivait de rire parfois (il n'y avait pourtant aucune trace de gaieté dans ses yeux) en pensant que vous n'en saviez rien.

— Oh !…, murmura Tom. C'est tout ?

Il se renversa sur sa chaise, posa ses larges mains l'une contre l'autre, comme un clergyman, se tapota le bout des doigts.

— Vous êtes complètement fou. Ce qui s'est passé il y a cinq ans ne me regarde pas. Je ne connaissais pas Daisy à l'époque. Et depuis, vous n'avez pas pu l'approcher de près, j'en donne ma tête à couper, à moins de déposer vous-même nos commandes d'épicerie devant la porte de service. Tout le reste est faux. Un sacré tissu de Bon Dieu de mensonges. Daisy m'aimait quand elle m'a épousé. Elle m'aime toujours.

Gatsby secoua la tête.

— Non.

— Je vous dis qu'elle m'aime. Mais il lui prend, de temps en temps, de petites lubies, et elle ne sait plus ce qu'elle fait.

Il hocha le menton comme un vieux sage.

— Moi aussi, qui plus est, j'aime Daisy. Il m'arrive de faire un peu la bringue et de me conduire comme un imbécile, mais je lui reviens toujours et dans mon cœur je ne cesse jamais de l'aimer.

— Tu es révoltant, dit Daisy.

Elle se tourna vers moi.

— Sais-tu pourquoi nous avons été obligés de quitter Chicago ?

Sa voix était descendue d'une octave, et remplissait la pièce d'un mépris pathétique.

— Je m'étonne que personne ne t'ait raconté la véritable histoire de cette « bringue » dont il parle.

D'un mouvement rapide, Gatsby se plaça derrière elle.

— C'est le passé, Daisy. Ça n'a plus d'importance. Dites-lui simplement la vérité, que vous ne l'avez jamais aimé, et tout sera terminé à jamais.

Elle le regarda, l'air absent.

— Comment ça… L'aimer ? Comment pourrais-je ?

— Vous ne l'avez jamais aimé.

Elle hésita. Ses yeux se posèrent sur Jordan et sur moi comme si elle cherchait de l'aide en comprenant soudain ce qu'elle était en train de faire — et comme si, depuis le début, elle n'avait jamais eu l'intention de faire quoi que ce soit. Mais c'était fait. C'était trop tard.

— Je ne l'ai jamais aimé, finit-elle par dire, presque malgré elle.

Tom lui demanda brusquement :

— Pas même à Kapiolani ?

— Non.

Des accords assourdis, étouffés, montaient par moments de la salle de bal, à travers la fournaise.

— Pas même le jour où je t'ai prise dans mes bras, en descendant du Punch Bowl, pour t'éviter de mouiller tes chaussures ?

Il avait comme une tendresse enrouée dans la voix.

— Daisy ?

— Je t'en prie.

Elle répondait sur un ton glacial, mais toute son amertume semblait effacée. Elle regarda Gatsby.

— Voilà, Jay.

Elle tenta d'allumer une cigarette. Sa main tremblait. Brusquement, elle jeta la cigarette et l'allumette encore enflammée sur le tapis.

— Oh! s'écria-t-elle. Vous m'en demandez trop. C'est vous que j'aime maintenant. Ça ne vous suffit pas? Le passé existe. Je n'y peux rien.

Désemparée, elle se mit à pleurer.

— J'ai aimé Tom. Mais je vous aimais aussi.

Gatsby écarquilla les yeux, les referma.

— Vous m'aimiez *aussi*?

— Elle ment, là encore! dit Tom avec férocité. Elle ne savait même pas si vous étiez vivant. Il s'est passé beaucoup de choses, entre Daisy et moi, des choses que vous ignorerez toujours, des choses que nous n'oublierons jamais l'un et l'autre.

Chaque mot atteignait Gatsby comme une morsure.

— Laissez-moi lui parler en tête à tête. Elle est trop bouleversée…

— Même en tête à tête, je ne pourrai pas dire que je n'ai pas aimé Tom, avoua-t-elle, d'une voix désespérée. Ce serait faux.

— Absolument faux, reconnut Tom.

Elle se tourna vers lui.

— Comme si ça comptait pour toi!

— Ça compte. Bien sûr que ça compte. Tu vas voir. A partir de maintenant, je vais prendre le plus grand soin de toi.

Gatsby sembla perdre pied.

— Vous n'avez pas compris. Vous ne prendrez plus jamais soin d'elle.

— Ah! non?

166

Tom se mit à rire. Il avait retrouvé tout son aplomb.

— Et pourquoi ça ?

— Daisy vous quitte.

— Absurde.

— C'est pourtant vrai, dit-elle avec difficulté.

— Elle ne me quitte pas.

Et soudain, il écrasa Gatsby de son mépris.

— Sûrement pas pour un vulgaire petit escroc, qui ne pourra lui passer une bague au doigt qu'en la volant.

— Assez ! Assez ! cria Daisy. Allons-nous-en ! Je t'en prie, allons-nous-en !

Mais Tom était lancé.

— Qui êtes-vous, en réalité ? Un des hommes de paille qui gravitent autour de Meyer Wolfshiem. Voilà ce que j'ai découvert. J'ai mené une petite enquête concernant vos affaires. Je compte la poursuivre dès demain.

— A votre aise, cher vieux ! répondit Gatsby, très calme.

— Je sais où se trouvent vos fameuses « pharmacies ».

Il se tourna vers nous, expliqua très vite :

— Ce Wolfshiem et lui ont acheté une chaîne de petites pharmacies de quartier, ici et à Chicago, et ils vendent de l'alcool sous le comptoir. Un de leurs trafics parmi d'autres. Le premier jour où je l'ai vu, j'ai tout de suite pensé qu'il était *bootlegger*. Mon instinct ne m'a pas trompé.

— Et alors ? demanda Gatsby, toujours aussi calme. Votre ami Walter Chase n'a pas eu honte de s'en mêler, il me semble.

— Et vous l'avez laissé carrément tomber. Il a croupi un mois en prison, dans le New Jersey. J'aimerais que vous entendiez Walter parler de *vous*.

— Quand il est venu nous voir, il était complètement fauché. Il a été très heureux de ramasser un peu d'argent, cher vieux.

— Je vous interdis de m'appeler cher vieux.

Gatsby ne répondit pas.

— Walter aurait pu vous coincer sur la réglementation des jeux, mais Wolfshiem l'a tellement menacé qu'il a préféré ne rien dire.

J'aperçus de nouveau sur le visage de Gatsby cette expression indéfinissable qu'il me semblait reconnaître.

— Cette histoire de « pharmacies » n'est rien, de la broutille, reprit Tom, et cette fois il pesait ses mots. Mais vous êtes sur une autre affaire, dont Walter lui-même a eu peur de me parler.

J'ai regardé Daisy, qui se tenait debout, affolée, entre Gatsby et son mari. Puis j'ai regardé Jordan, qui s'ingéniait à faire tenir en équilibre sur la pointe de son menton un objet invisible. Et j'ai regardé Gatsby. L'expression de son visage m'a impressionné. Elle m'a fait penser — et je l'avoue au mépris de toutes les rumeurs qui couraient ses jardins — elle m'a fait penser à quelqu'un « qui a tué un homme ». Aussi incroyable qu'elle soit, c'est pour moi la seule façon de décrire l'expression qu'a gardée un instant son visage.

Elle s'est effacée, et il a parlé à Daisy. Il lui a parlé avec véhémence, niant tout, défendant son honneur contre des accusations qui n'avaient pas été formulées. Mais, à chaque mot elle se repliait davantage, et il n'a plus rien dit, et pendant que l'après-midi touchait à sa fin, seul le rêve mort continua de se débattre, de chercher à rejoindre ce qui se trouvait désormais hors d'atteinte, luttant avec souffrance, avec acharnement, dans les moindres recoins de la pièce, pour retrouver la voix perdue.

Voix qui implora de nouveau de partir.

— Tom, rentrons, je t'en *supplie*. C'est trop.

Quelles qu'aient été ses intentions, et quel qu'ait été son courage, on lisait dans ses yeux terrifiés qu'il n'en restait rien.

— Vous rentrez tous les deux, dit Tom. Dans la voiture de Mr Gatsby.

Elle le regarda, et elle se sentit en danger, mais il la rassura avec un mépris triomphant.

— Tu ne risques rien. Il te laissera tranquille. Il a compris que son prétentieux petit flirt était terminé.

Ils ont disparu sans un mot, rejetés, négligeables, étrangers à tout, comme des fantômes, même à notre pitié.

Tom a fini par se lever. Il a enveloppé dans la serviette la bouteille de whisky, qui n'avait pas été débouchée.

— Qui en veut ? Jordan ? Nick ?

Je n'ai pas répondu. Il a insisté.

— Nick ?

— Oui ?

— Tu en veux ?

— Non… Je viens à l'instant de me souvenir que c'est aujourd'hui mon anniversaire.

Trente ans. La route menaçante, inquiétante, d'une nouvelle décennie, s'ouvrait devant moi.

169

Il était sept heures quand nous sommes repartis pour Long Island, dans le coupé de Tom. Tom paraissait surexcité. Il parlait, il riait. Mais pour Jordan et moi c'était une voix aussi indifférente que le brouhaha qui montait des trottoirs, ou le grondement du métro aérien. La sympathie humaine a des limites, et nous nous sentions soulagés de laisser s'éteindre derrière nous, avec les lumières de la ville, l'éclat de leurs affrontements dramatiques. Trente ans — promesse de dix années de solitude, d'une liste d'amis célibataires qui n'ira qu'en s'amincissant, d'une réserve d'énergie qui n'ira qu'en s'appauvrissant, de cheveux qui n'iront qu'en s'éclaircissant. Mais Jordan était à côté de moi. Contrairement à Daisy, elle était assez sage pour ne pas s'encombrer, d'âge en âge, de rêves oubliés. Quand la voiture s'est engagée sur le pont, son visage s'est posé contre mon épaule avec lassitude, et le contrecoup des trente ans s'est apaisé sous la calme pression de sa main.

Et dans le crépuscule qui nous apportait un peu de fraîcheur, nous avons roulé vers la mort.

Michaelis, un jeune Grec qui tenait un café-restaurant, en bordure de la vallée de cendres, fut pour les enquêteurs le témoin principal. Vu la chaleur, il avait prolongé sa sieste jusqu'à cinq heures, puis il avait été faire un petit tour au garage, et il avait trouvé George Wilson malade dans son bureau — vraiment malade, aussi pâle que ses cheveux pâles et claquant des dents. Michaelis lui avait conseillé de se mettre au lit, mais Wilson avait refusé, en disant qu'il risquait de perdre des clients. Pendant que Michaelis tentait de le convaincre, il avait entendu un grand remue-ménage au-dessus de sa tête.

— C'est ma femme, avait expliqué Wilson, sans s'émouvoir. Je l'ai enfermée là-haut. Elle ne bougera pas jusqu'à après-demain, et après-demain on s'en va.

Michaelis avait trouvé ça surprenant. Ils étaient voisins depuis quatre ans, et jamais il n'aurait cru Wilson capable d'une chose pareille. C'était quelqu'un de plutôt apathique. Quand il ne travaillait pas, il tirait une chaise devant sa porte, et regardait passer les gens et les voitures sur la route. Si on lui parlait, il avait toujours un gentil petit rire anodin. Il était soumis à sa femme, sans aucune vie personnelle.

Michaelis avait donc essayé de savoir ce qui se passait, mais Wilson n'avait rien voulu dire. Par contre, il s'était mis à regarder Michaelis de façon bizarre, soupçonneuse, et lui avait demandé ce qu'il faisait, tel et tel jour, à telle et telle heure. Michaelis commençait à se sentir mal à l'aise, mais comme un groupe d'ouvriers se dirigeaient vers son restaurant, il en avait profité pour s'en aller, avec l'intention de revenir un peu plus tard. Il ne l'avait pas fait. Pourquoi? Il avait oublié, voilà tout. Quand il était ressorti de chez lui, un peu après sept heures, il s'était brusquement souvenu de cette conversation, parce qu'il avait entendu la voix de Mrs Wilson, dans l'escalier du garage, une voix déchaînée, furibonde.

— Bats-moi, vas-y, hurlait-elle. Oblige-moi à rentrer, et bats-moi, sale petit trouillard!

Un peu plus tard, elle s'était mise à courir dans la poussière, en agitant les mains et en poussant des cris.

Avant qu'il n'ait eu le temps de franchir sa porte, c'était fini.

« La voiture de la mort », comme l'ont baptisée les journalistes, ne s'était pas arrêtée. Elle avait surgi de l'obscurité, avait tangué dangereusement un court instant avant de disparaître au premier tournant, et Michaelis n'avait pas eu le temps de voir sa couleur véritable — il a déclaré au premier policier qu'elle devait être vert clair. L'autre voiture, celle qui roulait dans l'autre sens en direction de New York, s'était garée un peu plus loin. Son conducteur s'était précipité vers Myrtle Wilson, tuée sur le coup, repliée sur elle-même au milieu de la route, et son sang formait avec la poussière une tache épaisse et noirâtre.

Michaelis avait aidé ce conducteur à la relever, mais quand ils avaient écarté sa blouse, ils avaient découvert le sein gauche sectionné, qui pendait comme un rabat. C'était donc inutile de chercher à savoir si son cœur battait encore. Elle avait la bouche grande ouverte, légèrement cisaillée à la commissure des lèvres, comme si elle s'était déchirée elle-même en libérant la vitalité prodigieuse qu'elle tenait en réserve depuis si longtemps.

Nous avons aperçu de loin un petit attroupement et quelques voitures arrêtées.

— Un carambolage ! a dit Tom en riant. C'est parfait pour Wilson. Ça va lui donner du travail.

Il a ralenti, sans intention de s'arrêter, mais en arrivant à hauteur du garage, quand il a vu le visage des gens massés devant la porte, des visages pétrifiés, immobiles, il a freiné d'instinct.

— Allons jeter un coup d'œil, a-t-il dit, avec une certaine hésitation. Juste un coup d'œil.

Nous sommes descendus du coupé. J'ai alors pris conscience d'une plainte étouffée, insistante, qui venait du garage, et plus nous approchions, plus elle se précisait, jusqu'à devenir : « Oh ! mon Di-eu ! mon Di-eu ! », indéfiniment répété.

Tom est devenu très nerveux.

— Il a dû se passer quelque chose de grave.

Il s'est dressé sur la pointe des pieds pour regarder par-dessus la tête des curieux. L'intérieur du garage était éclairé par une unique ampoule jaunâtre, qui pendait du plafond et se balançait dans sa grille métallique. Il a soudain poussé un cri rauque, et, de toute la force de ses bras, s'est frayé un chemin pour entrer.

Le cercle s'est refermé derrière lui avec des protestations assourdies. Je n'ai rien pu voir pendant une minute. Puis de nouveaux venus ont fendu la foule à leur tour, et nous avons été projetés à l'intérieur, Jordan et moi. Le corps de Myrtle reposait sur l'un des établis, contre le mur. On l'avait enveloppé dans deux couvertures, comme si, par une nuit si chaude, elle risquait de prendre froid. Tom, immobile, était penché sur elle. Il nous tournait le dos. Un peu plus loin, un motard de la police inscrivait des noms sur un petit carnet, en se trompant souvent. La plainte résonnait toujours dans le garage vide. Je n'ai pas compris tout de suite d'où elle venait. Puis j'ai aperçu Wilson, debout sur le seuil de son bureau. Il se retenait des deux mains au chambranle, et se balançait d'avant en arrière. Quelqu'un lui parlait à voix basse, cherchait de temps en temps à lui toucher l'épaule, mais Wilson ne voyait rien, n'entendait rien.

Son regard se fixait sur l'ampoule jaunâtre, descendait lentement jusqu'à l'établi où reposait le corps le long du mur, puis remontait vers l'ampoule, et il répétait d'une voix horrible, aiguë, monotone : « Oh ! mon Di-eu ! mon Di-eu ! mon Di-eu ! »

Tom a relevé la tête en sursaut. Il a regardé autour de lui, l'œil vitreux, puis il a murmuré au policier quelques mots que je n'ai pas entendus.

Le policier était en train d'épeler :

— M-a-v-o…

— Non, a corrigé l'homme qu'il interrogeait. M-a-v-*r*-o…

— Ecoutez-moi, a dit Tom avec violence.

Le policier continuait d'écrire.

— R-o…

— G…

— G…

Il a levé les yeux, en sentant la main de Tom lui secouer l'épaule.

— Oui, mon gars. Qu'est-ce que vous voulez ?

— Je veux savoir. C'est arrivé comment ?

— Heurtée par une voiture. Tuée sur le coup.

— Tuée sur le coup ? a répété Tom.

— Elle courait sur la route. Cet enfant de salaud ne s'est même pas arrêté.

Michaelis est intervenu.

— Il y avait deux voitures. Une qui venait, l'autre qui s'en allait, vous voyez ?

— Qui s'en allait où ? a demandé le policier avec vivacité.

— Chacune dans sa direction. Alors, elle…

Il a voulu tendre la main vers les couvertures, mais a interrompu son geste. La main est retombée.

— Alors, elle a couru dans ce sens-là, et la voiture qui arrivait de New York lui est rentrée en plein dedans. Elle devait rouler entre trente et quarante à l'heure…

— Ça s'appelle comment, cet endroit ? a demandé le policier.

— Ça n'a pas de nom.

Un Noir s'est approché. Très élégant, le teint clair.

— C'était une voiture jaune. Une très grande voiture jaune. Toute neuve.

— Vous avez vu l'accident ?

— Non, mais elle m'a dépassé sur la route. Elle roulait à plus de quarante. Au moins cinquante ou soixante.

— Venez là, que je prenne votre nom. Ecartez-vous tous. Je vais prendre son nom.

Wilson se balançait toujours sur le seuil de son bureau. Mais il avait dû saisir quelques mots, car un nouveau thème a surgi brusquement dans sa mélopée insistante.

— Pas besoin de me dire le genre de voiture que c'était. Je sais le genre de voiture que c'était.

J'ai regardé Tom. J'ai vu très nettement les muscles de ses épaules se contracter sous sa veste. Il a rejoint Wilson très vite, lui a saisi les poignets.

— Ressaisissez-vous, a-t-il dit avec une sorte de douceur bourrue.

Quand Wilson a reconnu Tom, il s'est dressé sur la pointe des pieds, et il serait tombé à genoux, si Tom ne l'avait pas retenu.

— Ecoutez-moi.

Il le secouait légèrement.

— J'arrive à l'instant. J'arrive de New York. Je vous apportais la voiture dont nous avons parlé ensemble.

Celle que je conduisais au début de l'après-midi n'est pas à moi, vous m'entendez ? Je ne l'ai pas revue de toute l'après-midi.

Nous n'étions que deux à pouvoir l'entendre — le Noir et moi. Mais le policier a dû deviner quelque chose dans son ton de voix, car il s'est dressé, l'œil féroce.

— Qu'est-ce qui se passe, là-bas ?

Sans lâcher Wilson, Tom a tourné la tête.

— Je suis un ami. Il dit qu'il connaît la voiture qui a fait ça. Une voiture jaune.

D'instinct, le policier a jeté sur Tom un regard soupçonneux.

— Quelle couleur, la vôtre ?

— Bleu. Un coupé bleu.

Je suis intervenu.

— Nous arrivons à l'instant de New York.

Un automobiliste qui se trouvait derrière nous sur la route a confirmé mes dires, et le policier est revenu à son petit carnet.

— J'aimerais bien, si c'est possible, noter ce nom correctement.

Tom a soulevé Wilson comme une poupée, l'a fait entrer dans son bureau, l'a assis sur une chaise. Puis il est retourné à la porte.

— Quelqu'un pour rester avec lui ! a-t-il ordonné.

Il a attendu. Deux hommes, qui étaient près de lui, se sont regardés, et sont entrés dans le bureau à contrecœur. Tom a refermé la porte sur eux. Evitant de regarder l'établi, il a murmuré, en passant devant moi :

— Sortons d'ici.

Il s'est de nouveau frayé un chemin à travers la foule qui augmentait sans cesse. Nous l'avons suivi, mal à l'aise. Nous avons croisé un médecin, convoqué une demi-heure plus tôt, dans un dernier espoir absurde, et qui arrivait, sa trousse à la main.

Tom a conduit très lentement jusqu'au premier virage, puis il a accéléré à fond, et le coupé a bondi dans la nuit. J'ai cru entendre un peu plus tard une sorte de sanglot. Il avait le visage couvert de larmes.

— Le Bon-Dieu-d'enfant-de-salaud-de-lâche! a-t-il murmuré. Il ne s'est même pas arrêté.

Et la maison des Buchanan nous est apparue dans l'ombre mouvante des arbres. Tom s'est arrêté au portail. Il a regardé le second étage, où deux fenêtres brillaient dans la vigne vierge.

— L'appartement de Daisy.

Nous sommes descendus de voiture. Il s'est tourné vers moi en fronçant les sourcils.

— Oh! Nick, j'aurais dû te raccompagner à West Egg. Il n'y a plus rien à faire, ce soir.

Un véritable changement s'était opéré en lui. Il avait la voix grave, précise. Nous avons gagné le perron, en longeant l'allée de graviers, blanche sous la lune. En quelques phrases brèves il a tout décidé.

— Je téléphone à un taxi, pour qu'il vienne te chercher. En attendant, installez-vous dans la cuisine, Jordan et toi, et demandez qu'on vous prépare un petit souper — si vous avez faim, bien sûr.

Il a ouvert la porte.

— Entrez.

— Je n'ai pas faim, mais je te remercie d'appeler un taxi. Je l'attends dehors.

Jordan m'a touché le bras.

— Vous n'entrez pas, Nick ?

— Merci, non.

J'avais un début de nausée, et je préférais être seul, mais Jordan a cru bon d'insister.

— Il est à peine neuf heures et demie.

Plutôt l'enfer que de franchir ce seuil. J'en avais assez pour la journée, assez de tous ces gens-là. Et soudain de Jordan elle-même. Elle a dû en avoir l'intuition. Elle m'a tourné le dos, a monté les marches en courant, a disparu dans la maison. Je me suis assis quelques minutes, la tête dans les mains. Puis j'ai entendu le téléphone qu'on décrochait, et la voix du maître d'hôtel qui demandait un taxi. Je suis alors reparti lentement en direction de la route, car je préférais attendre près du portail.

Je n'avais pas fait vingt pas, quand on a prononcé mon nom. Gatsby a surgi entre deux buissons. Je devais être dans un état plutôt inquiétant, car je n'ai pensé qu'à l'éclat de son costume rose dans le clair de lune.

— Que faites-vous ici ?

— J'attends, cher vieux.

J'ai flairé d'instinct quelque chose de suspect. Etant donné tout ce que je venais d'apprendre sur lui, il pouvait être sur le point de cambrioler la maison. Je n'aurais pas été surpris d'apercevoir les mines patibulaires des « protégés de Wolfshiem », derrière lui dans les fourrés.

Il m'a demandé, au bout d'une minute :

— Avez-vous remarqué quelque chose sur la route ?

— Oui.

Il a hésité.

— Est-elle morte ?

— Oui.

— C'est ce que j'ai pensé. J'ai dit à Daisy que je le pensais. Il vaut mieux encaisser le choc sur-le-champ. Elle l'a très bien supporté.

A l'entendre, seule comptait la réaction de Daisy.

— J'ai regagné West Egg aussitôt, par la route du bord de mer. J'ai rangé la voiture au garage. Je ne pense pas qu'on nous ait vus, mais je n'en suis pas sûr.

Il m'écœurait à tel point que le détromper m'a paru inutile.

— Qui est cette femme ?

— Elle s'appelle Wilson. Son mari est propriétaire du garage. Mais enfin, comment diable est-ce arrivé ?

— J'ai bien essayé de saisir le volant, mais…

Il s'est interrompu. Et j'ai compris la vérité.

— Daisy conduisait ?

— Oui, a-t-il répondu après un silence. Je dirai que c'était moi, bien sûr. Elle était très nerveuse quand nous avons quitté New York. Elle pensait que conduire la calmerait. Et cette femme a surgi devant nous au moment précis où une autre voiture arrivait en sens inverse. Ça n'a duré qu'un éclair, mais j'ai eu l'impression que cette femme nous connaissait, qu'elle voulait nous parler. En essayant de l'éviter, Daisy a foncé vers l'autre voiture, puis elle a perdu ses réflexes, elle a de nouveau tourné le volant. A la seconde où je l'ai saisi, j'ai entendu le heurt. Elle a dû être tuée sur le coup.

— Le sein gauche…

— Ne dites rien.

Il s'est mis à trembler.

— Daisy a accéléré brusquement. Je lui ai crié d'arrêter, mais elle ne pouvait pas. Alors j'ai tiré le frein à main. Elle s'est écroulée contre moi. J'ai pris sa place.

Après un nouveau silence :

— Demain, elle ira tout à fait bien. J'attends simplement, parce qu'après ce qui s'est passé cette après-midi, il risque d'être odieux avec elle. Elle s'est enfermée à clef dans sa chambre. S'il cherche à la brutaliser, elle doit me faire des signaux, en allumant et en éteignant sa lampe.

— Il ne lui fera rien. Il ne pense pas à elle, en ce moment.

— Je n'ai aucune confiance en lui, cher vieux.

— Jusqu'à quand pensez-vous attendre ?

— Toute la nuit, s'il le faut. En tout cas, jusqu'à ce qu'ils soient tous couchés.

Une nouvelle inquiétude m'est venue. A supposer que Tom découvre la vérité, qu'il apprenne que Daisy conduisait, il serait capable d'imaginer que l'accident n'était pas dû à un hasard — d'imaginer n'importe quoi. J'ai regardé la façade. Il y avait de la lumière à deux ou trois fenêtres du rez-de-chaussée, et sur la pelouse, le reflet rose de celles de Daisy.

— Attendez-moi là. Je vais voir s'il y a un danger quelconque.

Je suis revenu sur mes pas, en longeant la pelouse, j'ai traversé sans bruit l'allée de graviers, et j'ai monté le perron sur la pointe des pieds. Les rideaux du salon étaient ouverts, mais la pièce était vide. J'ai traversé la véranda où nous avions dîné, trois mois plus tôt, une nuit de juin, et je me suis dirigé vers un petit rectangle de lumière en pensant que c'était sans doute la fenêtre de l'office. Le rideau était fermé, mais il y avait un léger interstice le long de la croisée.

Daisy et Tom étaient assis à la table de la cuisine. Ils se faisaient face. Entre eux, une assiette de poulet froid et deux bouteilles de bière. Tom était penché vers Daisy. Il lui parlait avec une extrême gravité, et dans l'ardeur de son discours, il avait avancé la main et l'avait posée sur la sienne. Elle levait les yeux vers lui, de temps en temps, et elle hochait la tête en signe d'assentiment.

Ils n'étaient pas heureux. Ils n'avaient touché, ni l'un ni l'autre, au poulet froid. Mais ils n'étaient pas malheureux, non plus. Cette image révélait quelque chose d'intime, de naturel, une complicité évidente. N'importe qui, à les voir, aurait pensé qu'ils faisaient des projets.

En redescendant le perron, toujours sur la pointe des pieds, j'ai entendu mon taxi qui roulait lentement, en cherchant la maison dans la nuit. Gatsby m'attendait à l'endroit précis où je l'avais laissé.

— Tout est calme ? m'a-t-il demandé avec inquiétude.

— Tout à fait calme.

J'ai hésité.

— Vous devriez rentrer chez vous et dormir.

Il a secoué la tête.

— J'attends que Daisy soit couchée. Bonne nuit, cher vieux.

Il a enfoncé les mains dans les poches de sa veste et a scruté de nouveau la maison avec vigilance, en me tournant brutalement le dos, comme si ma présence altérait le caractère sacré de sa faction. Je me suis donc éloigné, et je l'ai laissé dans le clair de lune — immobile, veillant sur rien.

VIII

Je n'ai pas pu dormir. Une corne de brume a gémi toute la nuit sur le détroit, et je m'agitais dans mon lit, au bord de la nausée, écartelé entre une réalité terrifiante et des fragments de cauchemars délirants. Un peu avant l'aube, j'ai entendu un taxi remonter l'allée de Gatsby. Je me suis levé aussitôt. J'ai commencé à m'habiller. J'avais le sentiment d'avoir quelque chose d'urgent à lui dire, quelque chose pour le mettre en garde, et qu'au matin il serait trop tard.

J'ai traversé son jardin. Sa porte était encore ouverte. Je l'ai trouvé dans l'entrée, debout contre une table, épuisé de chagrin et de manque de sommeil.

— J'ai attendu. Il ne s'est rien passé.

Il parlait d'une voix blanche.

— Vers quatre heures, elle s'est approchée de la fenêtre. Elle y est restée une minute. Puis elle a éteint.

Jamais sa demeure ne m'avait paru aussi gigantesque que dans cette pénombre, quand nous avons erré d'un salon à l'autre en quête d'une cigarette. Nous avons soulevé des rideaux plus larges que des étendards, tâtonné le long de murs sans fin pour trouver un commutateur. J'ai failli m'affaler sur le clavier d'un piano fantôme. La poussière recouvrait tout d'un tapis inexplicable. Les pièces, privées d'air depuis longtemps, sentaient le moisi. L'humidificateur de cigares n'était pas à sa place habituelle et j'ai fini par découvrir dans un coffret deux cigarettes racornies. Nous avons ouvert une porte-fenêtre et nous avons fumé en attendant l'aube. Je lui ai dit :

— Vous devriez partir. Ils finiront par retrouver votre voiture. C'est pratiquement certain.

— Partir *maintenant*?

— Passez une semaine à Atlantic City, ou filez directement à Montréal.

Il refusait même d'y penser. Il refusait d'abandonner Daisy avant de savoir ce qu'elle allait faire. Il s'accrochait à un dernier lambeau d'espoir et je n'ai pas eu le cœur de l'en détacher.

C'est alors qu'il m'a raconté sa jeunesse, son étrange aventure avec Dan Cody — et, s'il me l'a racontée, c'est que « Jay Gatsby » s'était brisé comme du verre contre la cruauté implacable de Tom, et que le secret de son rêve, si longtemps poursuivi, venait d'être éventé. Il aurait pu faire des aveux complets, dans l'état où il se trouvait, mais c'est de Daisy qu'il voulait parler.

Daisy était la première jeune fille « comme il faut » qu'il avait rencontrée. Dans certaines circonstances, qu'il n'a pas précisées, il aurait pu en approcher d'autres, mais il avait toujours senti entre elles et lui comme une barrière de barbelés. Il avait éprouvé pour Daisy un désir intense. Il s'était rendu chez elle, les premiers temps, avec d'autres officiers de Camp Taylor, puis il était venu seul. Ce qui le fascinait — jamais il n'avait pénétré dans une maison aussi belle. Et que

Daisy y vive augmentait encore sa beauté : que ce lieu soit aussi banal pour elle que l'était pour lui son campement militaire. Il y voyait la maison des mystères, une suite de chambres au premier étage, plus luxueuses et confortables qu'aucune autre chambre, des rires dans les couloirs, des élans, une activité rayonnante, et des romances amoureuses qu'on n'enfouissait pas en secret sous des sachets de lavande, qui étaient vivantes au contraire, respiraient au grand jour, dans l'éclat des voitures neuves de cette année-là, et les soirées dansantes où les fleurs semblaient ne jamais se faner. Ce qui l'excitait davantage encore, c'est que de nombreux jeunes gens avaient aimé Daisy. Elle n'en prenait que plus de prix à ses yeux. Il sentait leur présence un peu partout dans la maison, et l'atmosphère vibrait encore de leurs ombres et du frémissement de leurs émotions.

Il savait, d'autre part, qu'il n'était là que grâce à un monstrueux malentendu. Quel que soit le glorieux avenir promis à Jay Gatsby, il n'était encore qu'un jeune homme sans argent, sans passé, et l'armure invisible de son uniforme pouvait lui glisser des épaules à tout moment. Il fallait donc qu'il se hâte. Qu'il s'empare de tout ce qui était à sa portée, sans scrupules et sans restrictions. Et par une belle soirée d'octobre, il avait voulu s'emparer de Daisy parce qu'il n'avait pas même le droit de lui toucher la main.

Il aurait pu avoir honte de lui, car il l'avait certainement attirée par de fausses promesses. Je ne dis pas qu'il lui avait fait miroiter ses millions fantômes, mais il lui avait sciemment donné des assurances. Il lui avait laissé croire qu'ils appartenaient au même milieu social et qu'il était capable de la prendre en charge. Ce qui

184

était faux. Sa famille était trop inexistante pour qu'il compte sur elle, et il dépendait d'un gouvernement anonyme dont les décisions pouvaient l'envoyer, du jour au lendemain, n'importe où dans le monde.

Mais il n'avait pas eu honte de lui, et rien ne s'était passé comme il l'avait prévu. Au départ, il avait pour seule intention de prendre ce qui était à prendre et de disparaître — et il s'était piégé lui-même, engagé désormais dans une véritable quête du Graal. Il savait que Daisy était une personne singulière, mais il ignorait à quel point une jeune fille « comme il faut » pouvait agir de façon singulière. Elle avait simplement disparu dans sa belle maison, repris sa belle vie, si riche, si pleine, laissant là Gatsby — avec rien. Le sentiment d'être marié avec elle — c'est tout.

Lorsqu'ils s'étaient revus, deux jours plus tard, c'est lui qui s'était senti oppressé, et trahi d'une certaine façon. Eclairée par une profusion de lampes, sa véranda scintillait comme un ciel étoilé. L'osier de son fauteuil avait grincé avec une exquise élégance lorsqu'elle s'était tournée vers lui et qu'il avait embrassé ses belles lèvres gourmandes. Elle avait pris froid, ce jour-là, ce qui lui donnait une voix un peu rauque plus ensorcelante que jamais. Avec une lucidité atterrée, il avait alors découvert sa jeunesse, les mystères que la fortune engendre et protège, le nombre de ses robes neuves, et Daisy elle-même, orgueilleuse et inaccessible, dans son éclat de pur argent, étrangère aux âpres combats de la pauvreté.

— Je ne peux pas vous dire à quel point j'ai été stupéfait en comprenant que je l'aimais, cher vieux. J'ai même espéré un moment qu'elle allait me jeter dehors, mais elle ne l'a pas fait, car elle m'aimait elle aussi. Comme je connaissais des choses différentes des siennes, elle me croyait très savant. Voilà où j'en étais, toutes mes ambitions balayées, plus amoureux d'un instant à l'autre, et brusquement plus rien ne m'a intéressé. A quoi bon accomplir de grands exploits, puisque j'étais bien plus heureux en lui racontant ce que je voulais accomplir ?

La veille de son embarquement, il l'avait tenue dans ses bras, très longtemps, sans un mot. C'était une après-midi d'automne assez fraîche. On avait allumé du feu dans la pièce et elle en avait les joues rouges. Elle bougeait de temps en temps, mais à peine, et il changeait à peine la position de son bras, et il s'était permis, à un certain moment, d'embrasser l'or sombre de ses cheveux. Ils se sentaient comme obligés de rester immobiles, cette après-midi-là, pour permettre à leur mémoire d'y revenir souvent durant la longue séparation que laissait présager le lendemain. Jamais de tout ce mois où ils s'étaient aimés, ils n'avaient éprouvé d'harmonie plus étroite, de compréhension plus profonde, qu'au cours de ces instants où elle effleurait de ses lèvres l'épaule de son uniforme, où il lui touchait le bout des doigts avec tendresse, comme si elle s'était endormie.

Il s'était magnifiquement conduit pendant la guerre. Arrivé au front avec le grade de capitaine, il avait été nommé commandant d'un escadron d'artillerie après les batailles d'Argonne. L'armistice signé, il s'était démené comme un beau diable pour qu'on le rapatrie, mais par suite d'une erreur ou d'un malentendu il s'était

186

retrouvé à Oxford. Et son inquiétude avait augmenté. Il y avait comme un désespoir impatient dans les lettres de Daisy. Elle ne comprenait pas ce qu'il attendait pour rentrer. Le monde autour d'elle lui semblait oppressant. Elle voulait le voir, sentir sa présence, être sûre que ce qu'elle faisait était la meilleure chose à faire.

Car Daisy était jeune, et l'univers factice dans lequel elle vivait dégageait un subtil parfum d'orchidées, un snobisme attirant, entêtant, et les airs à la mode, que jouaient les orchestres cette année-là, transposaient en rythmes nouveaux toute la tristesse de l'existence et des désirs insatisfaits. Les saxophones faisaient entendre chaque soir la complainte amère de *Beale Street Blues*, tandis qu'une centaine d'escarpins dorés ou argentés frôlaient la poussière miroitante. A l'heure blême du thé, les battements de cette fièvre sourde, sensuelle, gagnaient toutes les pistes de danse, et de tendres visages flottaient çà et là, comme des pétales de rose qu'aurait éparpillés sur le parquet le souffle navré des trombones.

Plongée dans ce monde crépusculaire, Daisy se laissait peu à peu envoûter. Elle eut bientôt une demi-douzaine de rendez-vous, chaque jour, avec une demi-douzaine de jeunes gens, et elle s'écroulait sur son lit, au petit matin, en improvisant autour d'elle un savant désordre d'écharpes, de perles, de robes du soir et d'orchidées mourantes. Et quelque chose se révoltait en elle, pendant ce temps, implorait une décision. Elle voulait commencer à vivre, et commencer immédiatement. Cette décision ne pouvait lui être arrachée que par une impulsion violente — où se mêleraient l'amour, l'argent, et d'indiscutables aspects pratiques — qui passerait à sa portée.

Impulsion qui s'était concrétisée, au milieu du printemps, avec l'arrivée de Tom Buchanan. Sa personne physique, autant que sa position sociale, présentaient une ampleur suffisante pour flatter Daisy. Et faire naître en elle, sans aucun doute, un certain conflit en même temps qu'un certain soulagement. Gatsby était encore à Oxford quand il avait reçu sa lettre.

L'aube se levait sur Long Island. Nous avons ouvert les autres fenêtres du rez-de-chaussée, et la lumière s'est glissée dans les pièces, une lumière à la fois grise et or, incertaine. Puis la silhouette d'un arbre s'est découpée sur la rosée et des oiseaux se sont éveillés par centaines à l'ombre des feuillages. Il y avait, dans l'atmosphère, un mouvement paisible et doux, presque un début de vent, qui annonçait une journée sereine.

— Je ne crois pas qu'elle l'ait jamais aimé, a dit Gatsby.

Il était debout près d'une fenêtre. Il s'est tourné vers moi, et son regard me défiait.

— Hier après-midi, souvenez-vous, cher vieux, elle était bouleversée. Tout ce qu'il lui a raconté, c'était pour lui faire peur, pour que j'apparaisse à ses yeux comme un vulgaire escroc. Finalement, elle ne savait plus ce qu'elle disait.

Il s'est assis, l'air sombre.

— Une minute, peut-être, bien sûr, au début de leur mariage, mais pour m'en aimer davantage après, vous comprenez ?

Brusquement, il a eu cette étrange remarque :

— De toute façon, c'est d'ordre strictement personnel.

Que conclure à partir de là, sinon que réfléchir à toute cette affaire exigeait de lui une tension d'esprit incommensurable ?

A son retour de France, Daisy et Tom étaient encore en voyage de noces. Avec le reste de sa solde, il s'était offert un séjour à Louisville — douloureux, mais comment résister ? Il y était resté une semaine, à parcourir les rues où le bruit de leurs pas jumeaux résonnait les soirs de novembre, à rechercher les endroits « hors du temps » où ils avaient été se perdre dans la petite décapotable blanche. Et si la maison de Daisy lui avait toujours semblé plus animée, plus mystérieuse que les autres, l'image qu'il avait de cette ville, bien que Daisy en soit absente, se teintait peu à peu, de la même façon, d'une mélancolique beauté.

Il était reparti avec le sentiment qu'en cherchant davantage, il l'aurait retrouvée — qu'il l'abandonnait derrière lui. Son compartiment était surchauffé — il voyageait à moindres frais. Il avait gagné la plateforme arrière, s'était assis sur un strapontin, et il avait vu la gare s'éloigner, puis des arrière-cours de maisons inconnues, le long de la voie. Tout de suite après, des prairies en fleurs, et, pendant une minute, un trolleybus jaune vif, qui luttait de vitesse avec le train, et ceux qu'il transportait avaient peut-être, un jour ou l'autre, croisé par hasard dans la rue la miraculeuse pâleur du visage de Daisy.

Comme la voie amorçait une courbe, le soleil avait basculé, et dans le soir qui s'annonçait, il semblait se répandre en actions de grâce, sur cette ville déjà lointaine d'où Daisy avait tiré son premier souffle. Il avait tendu la main désespérément, pour tenter de saisir une dernière poignée de vent, d'emporter un dernier fragment de ces lieux qu'elle lui avait permis de tant aimer. Mais le train roulait trop vite, tout s'embrouillait devant ses yeux, et il sut qu'il avait perdu cette part de lui-même, la plus pure, la meilleure, à jamais.

A neuf heures, nous avons terminé notre petit déjeuner. Nous sommes sortis sur le perron. Le temps s'était profondément modifié au cours de la nuit. Il y avait comme un parfum d'automne. Le jardinier, seul rescapé de l'ancien personnel, s'est approché.

— Aujourd'hui, je vais nettoyer la piscine, Mr Gatsby. Les feuilles sont prêtes à tomber, et ça crée toujours des problèmes avec les canalisations.

— Non. Ne le faites pas aujourd'hui.

Il s'est tourné vers moi, comme pour s'excuser.

— Vous comprenez, vieux frère, je n'en ai pas profité de tout l'été.

J'ai regardé ma montre.

— Le prochain train est dans douze minutes.

Je n'avais pas envie d'aller en ville. J'étais, de toute façon, incapable de travailler, mais ça allait beaucoup plus loin — je ne voulais pas que Gatsby soit seul. J'ai raté ce train-là, et le suivant, avant de me décider à partir.

— Je vous appelle très vite.

— Entendu, cher vieux.

— Aux alentours de midi.

Nous avons lentement descendu le perron.

— Je pense que Daisy m'appellera, elle aussi.

Il m'a regardé avec anxiété, comme s'il attendait une confirmation de ma part.

— Je le pense.

190

— Alors, au revoir.

Nous nous sommes serré la main et je suis parti. Au moment où j'allais franchir ma haie, je me suis souvenu de quelque chose et je me suis retourné.

— Ce sont tous des pourris, ai-je crié à travers la pelouse. Vous êtes largement au-dessus de toute cette racaille.

Je suis extrêmement heureux, aujourd'hui encore, d'avoir dit ça. Le seul compliment que je lui aie fait, car j'étais en complet désaccord avec lui, de bout en bout. Il a d'abord hoché la tête, poliment, puis son visage s'est éclairé, et j'ai reconnu son sourire, ce sourire de complicité rayonnante qui n'était qu'à lui, comme si nous nous trouvions depuis toujours en étroite et secrète symbiose sur ce point. Le rose de ses somptueuses guenilles faisait une tache très vive contre le marbre blanc, et j'ai repensé à cette soirée, trois mois plus tôt, où j'étais entré pour la première fois dans sa demeure « d'époque ». Tous ceux qui étaient là, qui avaient envahi ses allées, son jardin, se doutaient plus ou moins qu'il était corrompu — et je le revoyais, debout sur ces mêmes marches, poursuivant son incorruptible rêve, la main levée pour leur dire au revoir.

Je le remerciai de son hospitalité — ce dont nous l'avons toujours remercié, moi comme les autres.

— Au revoir, Gatsby. J'ai été ravi du petit déjeuner.

Au bureau, j'ai tenté un instant de noter les nouvelles cotations d'une interminable liste de valeurs, et je me suis endormi. Le téléphone m'a réveillé en sursaut, un peu avant midi. J'ai décroché, le front brusquement moite. C'était Jordan Baker. Elle m'appelait souvent vers cette heure-là, car, entre les hôtels, les clubs et les maisons particulières, elle était assez difficile à joindre. Sa voix dans l'appareil m'apportait toujours une bouffée de fraîcheur, comme une petite motte de gazon, arrachée par la canne d'un joueur, qui traverserait la fenêtre. Ce jour-là, elle m'a paru dure et sèche.

— Je ne suis plus chez Daisy. Je suis à Hempstead, et, cette après-midi, je dois aller à Southampton.

Peut-être était-ce plus délicat de sa part d'avoir quitté la maison de Daisy, mais ça m'ennuyait. Sa phrase suivante m'a glacé.

— Vous n'étiez pas très aimable avec moi, hier soir.

— Vu les circonstances, est-ce que ça comptait ?

Un long silence. Puis :

— Peu importe. Je veux vous voir.

— Moi aussi.

— Je peux annuler Southampton et venir en ville, cette après-midi.

— Cette après-midi ? Je ne pense pas.

— Très bien.

— C'est impossible. J'ai plusieurs…

Nous avons parlé un moment, et soudain nous avons cessé de parler. Je ne sais plus lequel de nous a raccroché, de qui est venu le petit déclic, mais je sais que ça ne m'a rien fait. Même si ç'avait été pour moi la dernière chance au monde de lui parler, je n'aurais pas pu le faire, ce jour-là, devant une tasse de thé.

J'ai appelé Gatsby quelques minutes plus tard, mais c'était occupé. J'ai essayé quatre fois. Une opératrice exaspérée a fini par m'apprendre que la ligne était réservée en priorité pour un appel attendu de Detroit. J'ai sorti mon indicateur de chemin de fer, et j'ai tracé

192

un petit cercle face au train de 3 h 50. Puis je me suis adossé à mon fauteuil. J'ai essayé de réfléchir. Il était midi juste.

Quand mon train avait abordé la vallée de cendres, ce matin-là, j'avais changé de place exprès pour m'asseoir de l'autre côté du wagon. J'imaginais qu'une foule de badauds allait rôder toute la journée dans les parages, que des petits garçons chercheraient les traces de sang dans la poussière, qu'un bavard impénitent reviendrait tant de fois sur le récit de l'accident qu'il finirait par ne plus y croire lui-même, ne trouverait plus rien à dire, et que le tragique destin de Myrtle Wilson basculerait à jamais dans l'oubli. Je voudrais maintenant revenir à la nuit précédente, et raconter ce qui s'est passé au garage, après notre départ.

On avait eu beaucoup de mal à joindre Catherine, la sœur. Sans doute avait-elle rompu ce soir-là son serment d'abstinence, car elle était arrivée ivre morte, incapable de comprendre que l'ambulance venait de partir pour Flushing. Lorsqu'elle l'avait enfin compris, elle s'était trouvée mal, comme si c'était au-delà de ce qu'elle pouvait supporter. Par obligeance, ou par curiosité, quelqu'un l'avait emmenée en voiture sur les traces du corps de sa sœur.

Une foule, qui se renouvelait sans cesse, s'était pressée jusqu'à plus de minuit contre la porte du garage. Le bureau était resté ouvert, et ceux qui arrivaient ne pouvaient s'empêcher de regarder George Wilson, assis sur une chaise, se balançant d'avant en arrière. Quelqu'un avait fini par dire que c'était une honte et par fermer la porte. Ils étaient plusieurs avec lui — dont Michaelis.

Quatre ou cinq. Puis deux ou trois. Michaelis avait demandé au dernier volontaire de lui accorder un petit quart d'heure, le temps d'aller chez lui préparer du café. Puis il était resté seul avec Wilson jusqu'à l'aube.

Vers trois heures du matin, les plaintes incohérentes de Wilson s'étaient interrompues. Il était devenu plus calme. Il avait parlé de la voiture jaune. Il avait expliqué à Michaelis qu'il avait un moyen de savoir à qui appartenait cette voiture jaune, et, de but en blanc, il avait trahi un secret, en avouant que, deux mois plus tôt, sa femme était revenue de la ville, le visage meurtri et le nez cassé.

En s'entendant raconter ça lui-même, il avait sur-sauté, soupiré : « Oh! mon Di-eu! » et repris ses plaintes. Michaelis avait tenté une diversion.

— George, depuis combien de temps étiez-vous mariés? Viens là. Reste assis tranquille. Essaie de répondre. Depuis combien de temps étiez-vous mariés?

— Douze ans.

— Et vous n'avez pas eu d'enfants? Viens là, George. Reste assis tranquille. Essaie de répondre. Vous n'avez pas eu d'enfants?

De grands insectes bruns s'écrasaient contre la lampe et chaque fois que Michaelis entendait une voiture passer à grande vitesse sur la route, il croyait entendre celle qui ne s'était pas même arrêtée, quelques heures plus tôt. Il avait peur de retourner dans le garage, car l'établi sur lequel on avait allongé le corps portait encore des traces de sang et il tournait dans le petit bureau, mal à l'aise. A l'aube, il connaissait par cœur tous les objets qui s'y trouvaient. De temps en temps, il venait s'asseoir à côté de Wilson pour essayer de le calmer.

— George, vous alliez sûrement à l'église. Ça fait peut-être longtemps que vous n'y êtes plus allés, mais je pourrais téléphoner à un prêtre, lui demander de venir et tu lui parlerais ?

— Je n'ai pas d'église.

— George, dans une circonstance pareille, il faut en avoir une. Vous êtes sûrement entrés au moins une fois dans une église. Vous avez dû vous marier à l'église. George, écoute-moi. Vous ne vous êtes pas mariés à l'église ?

— Ça fait si longtemps.

Pour s'obliger à répondre, il avait interrompu son balancement machinal. Après un moment de silence, quelque chose avait traversé son regard vide — un éclair mi-incrédule, mi-rusé. Il avait montré son bureau du doigt.

— Regarde dans ce tiroir.

— Quel tiroir ?

— Celui-là. Oui.

Michaelis avait ouvert le tiroir. Il ne contenait qu'une laisse pour chien, très belle, en cuir, avec des garnitures d'argent. Elle paraissait neuve. Michaelis l'avait prise.

— Ça ?

Wilson avait hoché la tête.

— Je l'ai trouvée hier après-midi. Elle a cherché à m'expliquer d'où ça venait, mais j'ai tout de suite senti que ça cachait quelque chose de bizarre.

— Tu veux dire que c'est ta femme qui l'a achetée ?

— Je l'ai trouvée sur sa coiffeuse, dans du papier de soie.

Pour Michaelis, ça n'avait rien de tellement bizarre. Il avait fourni à Wilson une bonne douzaine de raisons expliquant pourquoi sa femme avait pu acheter une laisse pour chien, mais Myrtle avait déjà dû les lui fournir en partie, car il avait soudain repris sa plainte mécanique : « Oh ! mon Di-eu ! mon Di-eu ! » et le reste des explications amicales de Michaelis s'était perdu dans l'atmosphère.

— Et il l'a tuée, avait dit Wilson brusquement.

Il en était resté bouche bée.

— Qui ça ?

— J'ai un moyen de le savoir.

— George, tu es malade. Ça t'a mis la tête à l'envers, et tu ne sais plus ce que tu dis. Essaie de te calmer. Reste là, tranquille.

— Il l'a tuée.

— George, c'était un accident.

Wilson avait secoué la tête en plissant brusquement les paupières, et un « Hm ! » assourdi et condescendant avait franchi ses lèvres. Puis, avec une profonde certitude :

— Je sais. Je fais partie des gens qui font confiance à tout le monde, qui ne veulent de mal à *personne*, mais ce que je sais, je le sais. C'est l'homme qui conduisait la voiture jaune. Elle a couru vers lui pour lui parler et il a refusé de s'arrêter.

Michaelis avait assisté à la même scène, mais il n'avait pas pensé une seconde qu'elle pouvait avoir une signification quelconque. Pour lui, si Mrs Wilson était partie en courant, ce n'était pas pour arrêter une voiture particulière. C'était pour échapper à son mari.

— Ça lui serait venu comment ?

— C'était une femme secrète, avait répondu Wilson, comme si tout s'expliquait par là.

La plainte de nouveau, et Michaelis, tiraillant la laisse :

— George, peut-être que tu as un ami à qui je pourrais téléphoner ?

C'était un espoir inutile — il se doutait bien que Wilson n'avait pas d'ami : il ne suffisait même pas à sa femme. Il avait constaté un peu plus tard, avec un certain soulagement, que la lumière changeait dans la pièce, qu'il y avait un peu de bleu derrière la vitre et que l'aube n'était plus très loin. A cinq heures, il avait éteint la lampe.

Wilson avait tourné son regard morne vers les monticules de cendres. De petits nuages grisâtres affectaient des formes bizarres qu'un premier souffle de vent s'amusait à faire danser.

— Je lui ai parlé, avait murmuré Wilson après un long silence. Je lui ai dit qu'elle pouvait se moquer de moi, mais qu'elle ne pouvait pas se moquer de Dieu. Je l'ai conduite devant la fenêtre…

Au prix d'un grand effort, il s'était levé pour aller jusqu'à la fenêtre, et il était resté debout, le visage contre la vitre.

— … et je lui ai dit : « Dieu sait tout ce que tu as fait, absolument tout ce que tu as fait. Tu peux te moquer de moi, mais tu ne peux pas te moquer de Dieu. »

Michaelis, qui se tenait derrière lui, s'était alors rendu compte, avec effarement, que les yeux de Wilson étaient fixés sur ceux du Dr T.J. Eckleburg, qui venaient d'émerger, monstrueux et blafards, des dernières brumes de la nuit.

— Dieu voit tout, avait répété Wilson.

— C'est un panneau publicitaire, avait affirmé Michaelis avec force.

Quelque chose l'avait obligé à se détourner et à regarder dans la pièce, mais Wilson était resté là très longtemps, le visage contre la vitre, et il hochait la tête dans la lumière de l'aube.

A six heures, Michaelis, à bout de forces, avait repris courage en entendant une voiture s'arrêter. C'était l'un des hommes de la nuit précédente qui avait promis de revenir. Michaelis avait donc préparé un petit déjeuner pour trois, qu'il avait pris avec cet homme. Puis, comme Wilson paraissait très calme, il était allé dormir chez lui. Il s'était réveillé quatre heures plus tard, était tout de suite retourné au garage. Wilson n'y était plus.

L'enquête a permis de retrouver sa trace — il avait fait toute la route à pied — à Port Roosevelt, puis à Gad's Hill, où il avait commandé un sandwich, qu'il n'avait pas mangé, et un café. Il devait être fatigué et marcher lentement car il n'était arrivé à Gad's Hill qu'à midi. Aucun problème jusque-là pour reconstituer son emploi du temps — des enfants avaient remarqué un homme « qui avait l'air un peu bizarre », et des motocyclistes l'avaient croisé au bord de la route et il les avait regardés d'une drôle de façon. Plus personne ne l'avait vu pendant les deux heures suivantes. Sur la foi de ce qu'il avait déclaré à Michaelis, « qu'il avait un moyen de savoir », la police a conclu qu'il avait visité tous les garages de la région, pour se renseigner sur une voiture jaune. Aucun garagiste pourtant ne s'est présenté pour témoigner qu'il l'avait vu. Peut-être avait-il un moyen plus simple et plus sûr de découvrir ce qu'il cherchait. A deux heures et demie, il était à West Egg et demandait à quelqu'un où habitait Mr Gatsby. Il connaissait donc, à ce moment-là, le nom de Gatsby.

A deux heures, Gatsby a mis son maillot de bain, et a donné ordre à son majordome de l'avertir à la piscine en cas d'appel téléphonique. Il s'est arrêté au garage pour prendre un matelas pneumatique qui avait servi tout l'été à distraire ses invités. Il l'a gonflé avec l'aide du chauffeur. Puis il a interdit qu'on sorte la voiture, sous aucun prétexte — ce qui paraissait d'autant plus étrange que l'aile droite avait visiblement besoin d'être réparée.

Gatsby a posé le matelas sur ses épaules et s'est dirigé vers la piscine. Il s'est arrêté après quelques pas pour déplacer légèrement le matelas. Le chauffeur lui a proposé de l'aide. Il a refusé d'un signe de tête, et un moment plus tard il s'enfonçait entre les arbres, dont les feuilles jaunissaient déjà.

Il n'y a pas eu d'appel téléphonique, mais le majordome, qui n'osait pas faire la sieste, a attendu jusqu'à quatre heures — c'est-à-dire bien après que quelqu'un soit en mesure d'y répondre s'il en arrivait un. Je pense personnellement que Gatsby ne croyait plus à cet appel, et peut-être même n'y attachait plus d'importance. Si c'est vrai, il a dû sentir qu'il venait de perdre à jamais son ancien monde de lumière, que c'était le prix à payer pour avoir trop longtemps vécu prisonnier d'un seul rêve. Il a dû s'étonner d'apercevoir, entre les feuillages devenus hostiles, un ciel qu'il n'avait jamais vu ; trembler de découvrir à quel point la rose était un objet grotesque, à quel point le soleil criard écrasait les jeunes pousses de gazon. Un monde nouveau, concret et pourtant irréel, où de mornes fantômes, ne pouvant respirer qu'à travers leurs songes, dérivaient au hasard — tel ce personnage surnaturel, au visage de cendres, qui glissait vers lui parmi les troncs informes.

Le chauffeur — l'un des « protégés » de Wolfshiem — a entendu les coups de feu. Interrogé plus tard, il s'est contenté de répondre qu'il n'en avait pas pensé grand-chose. Je me suis rendu directement de la gare chez Gatsby. C'est mon arrivée, mon angoisse en montant le perron, qui ont donné l'alarme. Mais ils savaient déjà, j'en suis sûr. Il a suffi de quelques mots, et nous nous sommes précipités tous les quatre — le majordome, le chauffeur, le jardinier et moi — en direction de la piscine.

Une légère ondulation, presque imperceptible, se dessinait à la surface, à mesure que l'eau se renouvelait et s'écoulait vers le sas de vidange. Cette succession de petites rides, qui ressemblaient aux derniers remous d'une vague, poussait le matelas pneumatique vers le bord de la piscine, par saccades irrégulières. Mais le peu de vent qui soufflait et l'effleurait à peine suffisait à contrarier sa course imprévisible alourdie d'un imprévisible fardeau. Au contact d'un petit tas de feuilles mortes, il tournait lentement sur lui-même et décrivait dans l'eau, comme la pointe d'un compas, un étroit cercle rouge.

Ce n'est qu'un peu plus tard, quand nous sommes revenus vers la maison en transportant Gatsby, que le jardinier a aperçu, un peu plus loin sur la pelouse, le corps de Wilson, et le sacrifice rituel s'est trouvé accompli.

IX

A deux ans de distance, la fin de cette journée, la nuit qui a suivi, et la journée du lendemain, ne forment plus dans mon souvenir qu'un incessant ballet de policiers, de journalistes et de photographes. Une corde tendue devant le portail de Gatsby retenait les curieux. Mais les petits garçons ont vite découvert qu'ils pouvaient se faufiler à travers mon jardin, et il y en a toujours eu quelques-uns, bouche bée, au bord de la piscine. Un homme, qui paraissait très sûr de lui, un détective peut-être, a parlé de « malade mental », dans la soirée, après s'être penché sur le corps de Wilson. Cette expression a pris un poids inattendu, et tous les journaux l'ont utilisée, le lendemain, comme étant la clef de l'énigme.

La plupart des articles étaient de vrais cauchemars — grotesques, passionnés, détaillés, mensongers. Quand Michaelis dans sa déposition a évoqué les soupçons confus de Wilson concernant sa femme, j'ai cru qu'on allait rapidement sombrer dans un vaudeville égrillard — mais Catherine, qui aurait pu préciser certaines choses, n'a rien dit. Elle a fait preuve, de bout en bout, d'une force de caractère surprenante. Sous le tracé auda-cieusement redessiné de ses sourcils, elle a regardé le coroner droit dans les yeux, et juré que sa sœur n'avait pas connu Gatsby, que sa sœur était très heureuse avec son mari, que sa sœur avait toujours eu une conduite exemplaire. Elle finit par s'en persuader elle-même, et fondit en larmes dans son mouchoir comme si elle ne supportait pas l'idée qu'on puisse même l'en soup-çonner. On décida donc, pour simplifier les choses, que Wilson était un homme « égaré par le chagrin », et on en resta là.

Toute cette partie de l'affaire demeurait confuse, pour moi, accessoire. Moi, j'étais du côté de Gatsby, et seul. A partir de l'instant où j'ai téléphoné aux auto-rités de West Egg Village, pour les informer de la catas-trophe, c'est à moi que se sont posés tous les problèmes matériels et toutes les questions qui le concernaient. Ce qui m'a surpris au début, et gêné. Et puis, d'heure en heure, tandis qu'il était allongé dans sa maison, sans plus ni bouger, ni parler, ni respirer, je me suis senti responsable de lui, car personne d'autre ne s'y intéres-sait — quand je dis : « s'y intéressait », j'entends avec cette déférence d'ordre individuel à laquelle tout être humain a droit à la fin de sa vie.

J'ai appelé Daisy une demi-heure après avoir trouvé le corps. Je l'ai appelée d'instinct, sans hésiter. Elle venait de partir avec Tom, cette après-midi-là. Ils avaient emporté leurs bagages.

— Ont-ils laissé une adresse ?

— Non.

— Dit quand ils rentreraient ?

— Non.

— Aucune idée d'où ils ont pu aller? De comment les joindre?

— Personne ne sait rien.

Je voulais à tout prix lui trouver quelqu'un. Je voulais entrer dans la pièce où il était couché, et le rassurer : « Gatsby, ne vous inquiétez pas. Je vais trouver quelqu'un. Faites-moi confiance. Je vais finir par vous trouver quelqu'un. »

Meyer Wolfshiem ne figurait pas dans l'annuaire. J'ai obtenu du majordome l'adresse de son bureau à Broadway. J'ai appelé les renseignements. Il était plus de cinq heures quand ils ont eu le numéro. Personne n'a répondu.

— Pouvez-vous insister?

— C'est la troisième fois que j'appelle.

— C'est très important.

— Désolé. Je crois vraiment qu'il n'y a personne.

Quand je suis entré dans le salon, j'ai cru un instant que tous les officiels qui s'y trouvaient étaient des invités, qui venaient d'arriver par hasard. Mais ils soulevaient le drap, un à un, ils regardaient Gatsby avec des yeux scandalisés, et dans ma tête il continuait de se plaindre.

— Ecoutez-moi, cher vieux. Trouvez-moi quelqu'un. Donnez-vous du mal. Battez-vous. Je ne peux pas m'en aller seul ainsi.

J'ai entendu qu'on me posait une question, mais je n'ai pas répondu. Je suis monté au premier étage. J'ai ouvert tous les tiroirs de son bureau qui n'étaient pas fermés à clef — il ne m'avait jamais dit précisément que ses parents étaient morts. Je n'ai rien trouvé. Seule restait au mur cette image de Dan Cody, comme un témoignage de désordres oubliés.

Le lendemain matin, j'ai envoyé le majordome à New York, avec une lettre pour Wolfshiem, lui demandant quelques renseignements et le priant instamment de prendre le premier train. J'étais sûr que cette lettre serait inutile et qu'il allait venir dès qu'il aurait lu les journaux. Comme j'étais sûr que Daisy allait télégraphier. Mais rien n'est arrivé : ni télégramme, ni Wolfshiem. Rien d'autre que des policiers, des journalistes, des photographes. Quand le majordome m'a rapporté la réponse de Wolfshiem, j'ai eu comme un sentiment de défi méprisant — solidaire de Gatsby face au reste du monde.

Cher Mr Carraway, ça a été pour moi l'une des émotions les plus fortes de ma vie et j'ai du mal à croire que ce soit vraiment vrai. Un acte aussi fou comme cet homme vient d'en faire doit nous obliger tous à la prudence. Je ne peux pas venir tout de suite car je suis embarqué dans une affaire très importante et je ne dois pas être mêlé à cette histoire en ce moment. Plus tard, si je peux faire quelque chose écrivez-moi en adressant la lettre à Edgar. Quand j'entends raconter une chose pareille, j'ai du mal à savoir qui je suis, et je suis complètement effondré et perdu.

A vous sincèrement,

Meyer Wolfshiem.

Puis un rapide post-scriptum :

Tenez-moi au courant des obsèques, etc. J'ignore tout de sa famille.

Le téléphone a sonné dans l'après-midi. On m'a annoncé un appel interurbain de Chicago. J'ai cru que c'était enfin Daisy. J'ai entendu une voix d'homme lointaine, étouffée.

— Slagle à l'appareil.

— Oui ?

Ce nom m'était inconnu.

— Sacrée histoire, dites donc. Vous avez eu mon télégramme ?

— Il n'est arrivé aucun télégramme.

Alors, très vite :

— Le jeune Parker a des problèmes. Ils l'ont coincé au moment où il prenait les actions sous le comptoir. Cinq minutes plus tôt, ils avaient reçu une circulaire de New York leur précisant les numéros. Qu'est-ce que vous en dites ? Avec ces villes de paysans, on ne peut jamais savoir…

— Allô !

Je l'ai interrompu, la gorge sèche.

— Ecoutez. Ce n'est pas Mr Gatsby. Mr Gatsby est mort.

Un long silence, suivi d'une sourde exclamation, puis un brusque déclic. La communication a été coupée.

Le télégramme d'une petite ville du Minnesota, signé Henry C. Gatz, est arrivé, je crois, le troisième jour. L'expéditeur annonçait simplement qu'il se mettait en route et demandait qu'on l'attende pour les obsèques.

C'était le père de Gatsby — un homme âgé, austère, complètement atterré et perdu. Malgré la chaleur de cette journée de septembre, il était engoncé dans un macfarlane élimé. Il jetait autour de lui des regards effarés, et quand j'ai pris sa valise et son parapluie, il s'est mis à tirer ses quelques poils de barbe avec une telle nervosité que j'ai eu le plus grand mal à le débarrasser de son manteau. Il semblait sur le point de perdre connaissance. Je l'ai conduit dans le salon de musique. Je l'ai fait asseoir et j'ai été lui chercher quelque chose à manger. Mais il n'a rien voulu manger. Sa main tremblait tellement qu'il renversait son verre de lait.

— C'était dans le journal de Chicago. Ils racontaient tous les détails dans le journal de Chicago. Alors je suis parti tout de suite.

— Je n'avais aucun moyen de vous prévenir.

Il regardait sans cesse autour de lui, mais sans rien voir.

— Cet homme-là était fou. Il devait sûrement être fou.

— Voulez-vous du café?

— Non, rien. Je ne veux rien. Je vais très bien, maintenant, Mr…

— Carraway.

— Bon. Je me sens très bien. Où ont-ils mis Jimmy?

Je l'ai conduit dans le salon où reposait son fils, et je l'ai laissé seul. Quelques petits garçons avaient franchi le perron, et regardaient à l'intérieur du hall. Je leur ai appris qui venait d'arriver, et ils sont repartis à contrecœur.

Mr Gatz est sorti du salon un peu plus tard. Le visage congestionné, la bouche grande ouverte, et une petite larme furtive lui venait aux paupières de temps en temps. A l'âge qu'il avait atteint, la mort cesse de faire peur et de surprendre, et pour la première fois il a pu regarder autour de lui. Quand il a découvert l'ampleur et la magnificence du hall d'entrée, l'enfilade des salons qui s'ouvraient sur d'autres salons, son chagrin s'est chargé d'une fierté respectueuse. Je l'ai aidé à gagner une chambre au premier étage. Pendant qu'il enlevait sa veste, j'ai confirmé qu'on l'avait attendu pour prendre les dispositions nécessaires.

— J'ignore quelles sont vos volontés, Mr Gatsby.

— Je m'appelle Gatz.

— … Mr Gatz. Peut-être souhaitez-vous transférer le corps dans l'Ouest ?

Il a secoué la tête.

— Jimmy a toujours préféré la côte Est. C'est sur la côte Est qu'il a bâti sa situation. Etes-vous un ami de mon fils, Mr… ?

— Nous étions très amis.

— Il avait un brillant avenir devant lui, croyez-moi. Il était encore jeune. Mais là-dedans…

Il s'est touché le front avec émotion.

— … C'était puissant.

J'ai approuvé d'un signe de tête.

— S'il avait vécu, il serait devenu un grand homme. L'équivalent d'un James J. Hill. Il aurait contribué à la prospérité de notre pays.

— C'est exact, ai-je dit, légèrement mal à l'aise.

Il a saisi maladroitement le couvre-lit brodé, pour essayer de l'enlever, s'est allongé, très raide — quelques secondes et il dormait.

Ce soir-là, quelqu'un a téléphoné. Quelqu'un qui tremblait manifestement de peur, et qui a voulu connaître mon nom avant de dire le sien.

— Mr Carraway à l'appareil.

— Ah !...

L'homme a paru soulagé.

— Ici, Klipspringer.

Je me suis senti soulagé à mon tour. Gatsby aurait peut-être droit à un autre ami au bord de sa tombe. Pour éviter la foule des curieux, je n'avais fait passer aucune annonce dans les journaux, me contentant de téléphoner moi-même à quelques personnes — toutes fort difficiles à joindre.

— Les obsèques ont lieu demain. Trois heures, à la maison. Je compte sur vous pour avertir ceux que ça peut intéresser.

— Oui, oui, a-t-il répondu très vite. Je ne suis pas certain de rencontrer qui que ce soit, mais si ça se présente...

Quelque chose dans sa voix m'a paru étrange.

— Bien entendu, vous serez là ?

— Oui, oui, j'essaierai, mais je téléphonais pour...

— Une seconde. Serez-vous là, oui ou non ?

— Ecoutez, le problème... J'habite chez des amis à Greenwich, et demain, ils veulent que je les accompagne. Un pique-nique, je crois, ou quelque chose comme ça. Mais je ferai tout mon possible, bien sûr.

Je n'ai pas pu retenir un « Hoh ! » scandalisé, qu'il a dû entendre, car il est devenu très nerveux.

— Je téléphonais pour une paire de chaussures, que j'ai oubliée. Si ça ne complique pas trop les choses, pourriez-vous demander au majordome de me les faire porter ? Des chaussures de tennis, et sans elles je suis complètement perdu. Je vous donne l'adresse : aux bons soins de B.F.:.

J'ai raccroché sans attendre la suite.

Plus tard, je me suis senti humilié pour Gatsby — quelqu'un à qui j'ai téléphoné m'a clairement fait entendre qu'il n'avait eu que ce qu'il méritait. J'étais dans mon tort de toute façon — il faisait partie de ces gens qui trouvaient dans l'alcool que leur offrait Gatsby le courage de le dénigrer avec le plus d'aigreur, et j'aurais dû m'en souvenir avant de lui téléphoner.

Le matin des obsèques, je suis allé voir Meyer Wolfshiem à New York. C'était la seule façon de le joindre. Sur les conseils du liftier, j'ai poussé une porte où était inscrit : THE SWASTIKA HOLDING COMPANY. J'ai cru d'abord qu'il n'y avait personne, mais après avoir lancé quelques « Hello ! » inutiles, j'ai entendu une brève discussion derrière la cloison, et une jolie femme, juive de toute évidence, s'est encadrée dans l'embrasure d'une porte intérieure. Elle m'a dévisagé d'un œil noir.

— Il n'y a personne. Mr Wolfshiem est parti pour Chicago.

La première partie de cette phrase était manifestement erronée, car quelqu'un s'est mis à siffloter *The Rosary*, sur un ton archi-faux.

— Dites-lui que Mr Carraway désire le voir.

— Vous espérez quoi ? Que je vais le faire revenir de Chicago ?

Au même instant, une voix, celle de Wolfshiem sans erreur possible, a crié : « Stella ! » de l'autre côté de la cloison. Elle m'a dit très vite :

— Laissez-moi votre nom. Je le lui donnerai quand il reviendra.

— Je sais qu'il est là.

Elle a fait un pas vers moi, en posant les mains sur ses hanches.

— Vous, les jeunes, vous vous croyez toujours capables de forcer toutes les portes.

Elle avait élevé la voix pour m'impressionner et se frottait les hanches avec indignation.

— On commence à en avoir par-dessus la tête. Si je vous dis qu'il est à Chicago, il est à Chicago.

J'ai prononcé le nom de Gatsby.

— O-oh !

Son regard a changé.

— Juste une seconde… Votre nom, déjà ?

Elle a disparu, et, un instant plus tard, Wolfshiem s'est encadré lui-même dans l'embrasure de la porte. Il m'a tendu les mains d'un geste solennel, m'a fait entrer dans son bureau, en murmurant avec onction que c'était un bien douloureux moment pour nous tous avant de m'offrir un cigare.

— Je me souviens du jour où je l'ai rencontré pour la première fois. Un jeune commandant, tout juste démobilisé, la poitrine couverte de médailles qu'il avait gagnées à la guerre. Il portait encore son uniforme. Il n'avait pas de quoi s'acheter des vêtements civils. Cette première fois où je l'ai rencontré, c'était dans la 43e Rue, la salle de billard de Winebrenner. Il cherchait du travail. Il n'avait rien mangé depuis deux jours. Je lui ai dit : « Je vous emmène déjeuner. » Il a avalé, en une demi-heure, pour plus de quatre dollars de nourriture.

— C'est vous qui l'avez lancé dans les affaires ?

— Lancé ? Je l'ai inventé.

— Ah ! bon.

— Tiré du néant, sorti du ruisseau. J'ai vu tout de suite qu'il avait de l'allure, de l'élégance, un jeune homme très gentleman, et quand il m'a appris qu'il sortait d'*Oggsford*, j'ai compris comment je pouvais m'en servir. Je lui ai conseillé de rejoindre l'American Legion. Il s'y est taillé une bonne place. Très vite, il a pu rendre un petit service à l'un de mes clients d'Albany. Nous deux…

Il a levé deux petits doigts boudinés.

— … on a été unis sur tout — toujours tout en commun.

Je me suis demandé si cette association existait déjà en 1919, quand la finale des Championnats de base-ball avait été truquée.

— Il est mort maintenant, ai-je dit après un court silence. Vous étiez son ami le plus proche. Je suis sûr que vous désirez assister aux obsèques, cette après-midi.

— J'aimerais.

— Alors, venez.

La broussaille de ses narines a frémi légèrement et il a secoué la tête, les yeux pleins de larmes.

— Impossible. Impossible de risquer d'être compromis.

— Il n'y a aucun danger de compromission. L'affaire est classée.

— Dès qu'il y a meurtre d'homme, je refuse d'y être mêlé. C'était différent dans ma jeunesse, si un ami mourait, peu importe comment, je le soutenais jusqu'à la fin. Vous trouvez peut-être ça très sentimental, mais je le répète : jusqu'à la fin des fins.

J'ai compris qu'une raison d'ordre personnel l'empêchait de venir, et je me suis levé.

— Sortez-vous d'une université ? m'a-t-il demandé brusquement.

J'ai cru qu'il allait me proposer une *gonnegtion* quelconque, mais il s'est contenté de hocher la tête en me serrant la main.

— Apprenons à témoigner notre amitié à un homme tant qu'il est vivant, mais pas après sa mort, m'a-t-il expliqué. Après la mort, ma règle de conduite, c'est de tout ignorer.

Le ciel s'était couvert entre-temps et je suis rentré à West Egg sous le crachin. Je me suis changé, puis j'ai traversé la pelouse. Mr Gatz faisait les cent pas dans le hall, avec une incroyable exaltation. La fierté qu'il éprouvait envers son fils et les biens de son fils ne cessait de croître, et il voulait me montrer quelque chose.

— Jimmy m'avait envoyé cette photographie.

Il a sorti son portefeuille d'une main tremblante.

— Regardez.

C'était une photographie de la maison, craquelée, fendillée, qui avait dû passer en de nombreuses mains. Il pointait chaque détail du doigt : « Vous avez vu ça ? », et attendait que mon regard se remplisse d'admiration. Sans doute l'avait-il examinée si souvent qu'elle lui paraissait plus réelle que la maison elle-même.

— Jimmy me l'avait envoyée. C'est une très belle photographie, je trouve. Elle montre bien les choses.

— Très bien. Aviez-vous vu votre fils récemment ?

— Il est venu me voir, il y a deux ans. Il m'a acheté la maison dans laquelle je vis. On s'est fâchés, bien sûr, quand il a disparu, mais aujourd'hui je comprends qu'il a bien fait. Il savait qu'il avait un bel avenir devant lui. Et depuis qu'il avait réussi, il était très généreux avec moi.

Il semblait hésiter à ranger cette photographie. Il insistait pour que je la regarde. Il a fini par la remettre dans son portefeuille, et il a sorti de sa poche un exemplaire très défraîchi d'un livre intitulé : *Hopalong Cassidy.*

— Regardez. Un livre qu'il lisait quand il était tout jeune. Ça éclaire bien les choses.

Il a ouvert le livre, et m'a montré la dernière page. Elle portait les mots : EMPLOI DU TEMPS, suivis d'une date : 12 septembre 1906. Et en dessous :

Lever	6 h 00
Haltères et pieds au mur	6 h 15- 6 h 30
Etude électricité etc.	7 h 15- 8 h 15
Travail	8 h 30-16 h 30
Base-ball et sports	16 h 30-17 h 00
Exercices d'élocution, self-control,	
maîtrise du maintien	17 h 00-18 h 00
Etude inventions qu'il faudrait	
encore inventer	19 h 00-21 h 00

RÉSOLUTIONS GÉNÉRALES

Ne pas perdre mon temps chez Shafters ou [nom illisible]
Pas fumer ni chiquer
Bain tous les deux jours
Lire chaque semaine un livre ou un journal qui enrichit l'esprit
Economiser chaque semaine 5 [biffé] 3 dollars.
Etre plus gentil avec mes parents.

— J'ai trouvé ce livre par hasard, a dit le vieil homme. Ça éclaire bien les choses, vous ne trouvez pas ?

— Ça les éclaire très bien.

— Jimmy voulait toujours se dépasser lui-même. Il prenait sans cesse des résolutions sur un point ou un autre. Vous avez remarqué ce qu'il a noté à propos de s'enrichir l'esprit ? Il a toujours été très fort pour ça. Un jour il m'a dit que je me goinfrais comme un porc, et je l'ai giflé.

Il hésitait à refermer le livre, relisait chaque phrase à voix haute en me regardant avec insistance. Peut-être attendait-il que je recopie cette liste pour mon usage personnel.

Le pasteur luthérien de Flushing est arrivé un peu avant trois heures. Malgré moi, j'ai commencé à guetter les voitures. Le père de Gatsby guettait de son côté. Le temps passait. Les domestiques se sont regroupés dans le hall, un à un. J'ai vu le vieil homme plisser les paupières avec inquiétude, et il a dit quelque chose à propos de la pluie, d'une voix pensive, hésitante. Le pasteur regardait sans cesse sa montre. Je l'ai pris à part et lui ai demandé d'attendre une demi-heure. Mais en pure perte. Personne n'est venu.

Vers cinq heures, notre cortège de trois voitures s'est présenté à l'entrée du cimetière sous une pluie battante — le corbillard d'abord, d'un noir atroce, ruisselant, puis Mr Gatz, le pasteur et moi dans la limousine, et derrière, dans la camionnette de Gatsby, quatre ou cinq domestiques et le facteur de West Egg, tous trempés jusqu'aux os. Au moment où nous franchissions le portail, j'ai entendu une voiture s'arrêter, et quelqu'un qui pataugeait dans le sol boueux pour nous rejoindre. J'ai tourné la tête. C'était l'homme au regard de hibou que j'avais découvert, trois mois plus tôt, dans la bibliothèque de Gatsby, en extase devant ses livres.

Je ne l'avais jamais revu. Comment avait-il su l'heure de la cérémonie ? Je l'ignore. J'ignore jusqu'à son nom. La pluie brouillait les verres de ses énormes lunettes. Il a dû les enlever et les essuyer pour voir la bâche qu'on déroulait au-dessus de la tombe.

J'essayais de me recueillir, de penser à Gatsby, mais il était déjà si loin, et je ne pensais qu'à Daisy, qui n'avait envoyé ni fleurs, ni message, mais je ne lui en voulais pas. J'ai cru entendre quelqu'un murmurer : « Bénis soient les morts sur qui tombe la pluie. » Et la voix décidée de l'homme au regard de hibou a répondu : « Amen. »

Nous avons rapidement regagné nos voitures sous l'averse. « Œil-de-Hibou » m'a happé au portail.

— Désolé. Je n'ai pas pu venir à la maison.

— Personne n'a pu venir.

— Pas possible ?

Il semblait stupéfait.

— Ils avaient pourtant l'habitude de venir par centaines.

Il a de nouveau essuyé ses verres, l'intérieur, puis l'extérieur, avant de soupirer :

— Pauvre bougre.

De tous mes souvenirs, l'un des plus vivaces est cet instant où nous quittions le collège, et plus tard l'université, pour regagner l'Ouest à l'époque de Noël. Ceux d'entre nous qui allaient au-delà de Chicago se retrouvaient, un soir de décembre, à six heures, dans la pénombre de notre chère vieille Union Station, avec quelques amis, qui habitaient Chicago même et se trouvaient déjà plongés dans l'excitation des vacances, à qui nous disions un rapide au revoir. Je me souviens des jeunes filles en manteau de fourrure, qui sortaient de chez Miss Telle-ou-Telle, des conciliabules, des petites bouffées d'air froid qui s'échappaient des lèvres, des mains qu'on agitait au-dessus des têtes dès qu'on reconnaissait quelqu'un, de la litanie des invitations : « Vas-tu chez les Ordway ? Chez les Hersey ? Chez les Schultze ? » et du billet de carton vert qu'on serrait dans nos mains gantées. Jusqu'au moment où les wagons jaunâtres et poussiéreux qui desservaient Milwaukee et Saint Paul apparaissaient le long du quai, derrière les portillons, plus rutilants pour nous que Noël même.

Nous nous enfoncions dans la nuit d'hiver et la neige, la vraie, notre neige, commençait à nous encercler, scintillante derrière les vitres, et les lumières voilées des petites gares du Wisconsin s'effaçaient une à une, et l'atmosphère se chargeait brusquement d'une énergie sauvage. Nous en emplissions nos poumons dans les couloirs glacés, en revenant du wagon-restaurant, et pendant une heure indéfinissable nous prenions peu à peu conscience de nous identifier avec cette région avant de nous y confondre à nouveau.

Voilà pour moi le Middle West — ni le blé, ni les champs, ni les villes perdues fondées par d'anciens Suédois, mais ce retour émerveillé des trains de ma jeunesse, et les lampadaires dans les rues, et les clochettes des traîneaux dans les nuits de givre, et les ombres que dessinaient sur la neige les couronnes de houx, accrochées aux fenêtres illuminées. Voilà ce qui m'a fait ce que je suis — un peu trop sentencieux sans doute au contact des longs hivers, un peu trop vaniteux d'avoir grandi dans la maison Carraway, car depuis des décennies chaque résidence de notre ville porte le nom de la famille qui l'occupe. Je comprends aujourd'hui que cette histoire est une histoire de l'Ouest — Tom et Gatsby, et Jordan, et moi-même, nous sommes tous des gens de l'Ouest, et peut-être avons-nous en commun une sorte de méfiance instinctive qui nous interdit de nous adapter aux mœurs de la côte Est.

Même au moment où je me suis senti le plus fasciné par cette côte Est, au moment où j'ai découvert son incontestable supériorité sur les villes informes, sinistres, prétentieuses, des rives de l'Ohio, dont les suspicions et les médisances n'épargnent que les grands vieillards et les très jeunes enfants — même à ces moments-là, j'ai toujours eu le sentiment d'une distorsion profonde. West Egg en particulier, qui surgit encore dans mes rêves les plus fous, comme un paysage nocturne peint par le Greco — une centaine de maisons, à la fois grotesques et conventionnelles, accroupies sous un ciel morose, veillées par une lune blafarde. Au premier plan, quatre messieurs en habit longent une allée, suivis d'une civière portant une femme ivre morte en robe du soir blanche. Elle laisse pendre une de ses mains, qui scintille sous l'éclat tranchant des bijoux. Ces quatre messieurs imposants entrent dans une maison — qui n'est pas la bonne maison, mais personne ne connaît le nom de cette femme, et tout le monde s'en moque.

Après la mort de Gatsby, c'est sous cette forme-là que l'Est est venu me hanter, et mon œil n'avait plus la force d'en corriger les distorsions. C'est pourquoi, quand j'ai vu s'élever la fumée bleue des feuilles mortes, quand le vent s'en est pris aux lessives qui séchaient sur les cordes à linge, j'ai choisi de rentrer chez moi.

Il restait quelque chose à faire. Quelque chose de pénible et de délicat. Peut-être aurais-je pu m'en dispenser. Mais je voulais tout laisser en ordre derrière moi et ne pas faire confiance à une mer indifférente pour effacer mes ultimes scories. J'ai revu Jordan Baker. Je lui ai longuement parlé de ce qui nous était arrivé à l'un et à l'autre, puis de ce qui m'était arrivé à moi seul. Elle était assise dans un grand fauteuil. Elle m'a écouté, immobile.

Elle était en tenue de golf, et j'ai pensé, je m'en souviens, qu'avec son menton légèrement relevé, son air dédaigneux, ses cheveux aux reflets d'automne, la nuance de son bronzage parfaitement accordée à celle de ses gants aux doigts coupés qui reposaient sur ses genoux, elle ressemblait à une gravure de mode. Lorsque je me suis tu, elle m'a appris qu'elle avait un nouveau fiancé, sans autre commentaire. Je savais que plusieurs soupirants n'attendaient qu'un signe de tête pour l'épouser, mais je n'étais pas vraiment convaincu. J'ai joué l'étonnement et, pendant une petite minute, je me suis demandé si je ne commettais pas une erreur, mais toute l'histoire m'est revenue d'un coup, et je me suis levé pour lui dire au revoir.

— C'est vous, de toute façon, qui m'avez plaquée, a-t-elle dit brusquement. Et plaquée par téléphone.

Aujourd'hui, vous n'existez plus pour moi, mais c'était quelque chose de nouveau, une expérience inédite, et ça m'a laissée légèrement étourdie pendant quelque temps.

Nous nous sommes serré la main.

— A propos, a-t-elle ajouté, vous souvenez-vous d'une conversation concernant la conduite des voitures?

— Pas vraiment, non.

— Vous m'avez dit qu'une conductrice imprudente ne risquait rien tant qu'elle ne rencontrait pas de conducteur imprudent. J'en ai rencontré un, vous ne croyez pas? Je veux dire que je me suis mise en danger en faisant une telle erreur de jugement. J'ai cru que vous étiez quelqu'un d'honnête, de loyal. J'ai cru que c'était là votre secret orgueil.

— Je viens d'avoir trente ans. Je suis donc trop vieux de cinq ans pour me mentir à moi-même, et appeler ça de l'honneur.

Elle n'a rien répondu. Désolé et furieux, encore amoureux d'elle, j'ai tourné le dos.

J'ai aperçu Tom dans la Cinquième Avenue, une après-midi de la fin octobre. Il marchait devant moi, d'un pas vif, agressif, les mains légèrement écartées, prêtes à bousculer ce qui encombrerait sa route, la tête pivotant constamment, le regard aux aguets. Au moment où je ralentissais pour éviter de le rejoindre, il s'est arrêté pour inspecter d'un œil critique la vitrine d'un bijoutier. Il m'a tout de suite aperçu, et s'est retourné, la main tendue.

— Et alors, Nick ? Qu'est-ce qui t'arrive ? Tu refuses de me serrer la main ?

— Tu sais ce que je pense de toi.

— Tu es malade. Complètement malade. Je ne te comprends absolument pas.

— Tom, qu'as-tu raconté à Wilson, cette après-midi-là ?

Il m'a regardé sans rien dire, et j'ai compris que mes soupçons, concernant ces deux heures encore inexpliquées, étaient fondés. J'ai voulu m'éloigner, mais il m'a rattrapé en me prenant le bras.

— Je lui ai dit la vérité. Nous allions partir quand il est arrivé à la maison. Je lui ai fait répondre que je ne pouvais pas le recevoir. Il est entré de force. Surexcité comme il était, il m'aurait tué si je ne lui avais pas dit à qui appartenait la voiture. Il avait un revolver dans sa poche. Il ne l'a pas lâché tant qu'il est resté chez nous.

Et soudain, provocant :

— Je le lui ai dit, et après ? Ça a changé quoi ? Ce type n'a eu que ce qu'il méritait. Il vous a jeté de la poudre aux yeux, à Daisy et à toi, mais c'était un sacré salaud. Il a écrasé Myrtle comme on écrase un chien, sans même s'arrêter.

Que répondre sinon : « c'est faux » — la seule réponse impossible ?

— Tu crois que je n'ai pas eu ma part de douleur, moi aussi, quand je suis retourné à l'appartement et que j'ai vu, sur le coin du buffet, le petit paquet de biscuits pour chiens ? Je me suis assis et j'ai pleuré comme un bébé. Horrible, Bon Dieu ! Horrible…

Je ne pouvais ni m'attendrir, ni lui pardonner, mais j'ai compris que sa façon d'agir était tout à fait normale à ses yeux. Qu'il n'y avait dans tout cela qu'insouciance et maladresse. Tom et Daisy étaient deux êtres parfaitement insouciants — ils cassaient les objets, ils cassaient les humains, puis ils s'abritaient derrière leur argent, ou leur extrême insouciance, ou je-ne-sais-quoi qui les tenait ensemble, et ils laissaient à d'autres le soin de nettoyer et de balayer les débris.

Je lui ai serré la main, malgré tout, car j'ai eu soudain l'impression de parler à un enfant. Et il est entré dans la bijouterie pour acheter un collier de perles — ou de simples boutons de manchettes — délivré à jamais de mes scrupuleuses exigences de petit provincial.

La maison de Gatsby était encore inoccupée lorsque je suis parti — et le gazon de sa pelouse avait poussé aussi haut que le mien. L'un des chauffeurs de taxi de West Egg Village s'arrêtait toujours une minute, en passant devant son portail, et montrait du doigt l'intérieur. Peut-être était-ce celui qui avait reconduit Daisy et Gatsby à East Egg, la nuit de l'accident, et peut-être s'était-il inventé une version personnelle de l'histoire. Comme je préférais ne pas la connaître, je l'évitais soigneusement en descendant du train.

J'ai passé tous mes samedis soir à New York, car l'image des soirées flamboyantes, éblouissantes, qu'il donnait était si vive en moi que je croyais entendre, à travers ses jardins, des rires assourdis, des musiques lointaines et le bruit des voitures qui remontaient sans fin l'allée. Une nuit, j'en ai vraiment entendu une. J'ai vu ses phares s'immobiliser devant le portail. J'ignore qui conduisait. Je ne tenais pas à le savoir. Sans doute un ultime invité, qui revenait des confins de la terre, ignorant que la fête était finie.

Le dernier soir, mes malles faites, ma voiture revendue à l'épicier, je suis sorti. J'ai regardé une fois encore cet incohérent et grandiose fiasco de maison. Un mot obscène, sans doute tracé par un petit garçon avec un morceau de brique, se détachait au clair de lune sur les marches de marbre. Je l'ai longuement effacé avec ma semelle. Puis je suis descendu vers la plage. Je me suis assis dans le sable.

La plupart des riches demeures étaient déjà fermées. Il n'y avait pas d'autre lumière que la clarté fantomatique d'un ferry-boat qui glissait sur les eaux du détroit. A mesure que la lune montait dans le ciel, toutes ces maisons prétentieuses se perdaient en ombres confuses, et j'ai eu l'impression de voir lentement ressurgir l'île ancienne, telle qu'elle s'était offerte un jour aux yeux des marins hollandais — le cœur intact, verdoyant, d'un monde neuf. Le murmure des arbres aujourd'hui disparus, ceux qu'il avait fallu abattre pour construire la demeure de Gatsby, avait alors encouragé le dernier et le plus important de tous les rêves humains. Pendant un instant fugitif et miraculeux, l'homme avait retenu son souffle en découvrant ce continent, envahi par un sentiment de beauté harmonieuse qu'il ne comprenait pas et qu'il n'attendait pas, confronté pour la dernière fois de son histoire à quelque chose qui pouvait être à la mesure de son émerveillement.

Et pendant que j'étais assis là, rêvant à cet ancien monde inconnu, j'ai pensé à Gatsby, à ce qu'il avait dû éprouver en apercevant pour la première fois la petite lumière verte à la pointe de la jetée de Daisy. Il venait de parcourir un long chemin jusqu'à ce jardin enchanté et son rêve avait dû lui sembler si réel qu'il ne pouvait plus manquer de l'atteindre. Il ne savait pas que ce rêve était déjà derrière lui, perdu dans cette obscurité d'au-delà de la ville, où les sombres espaces de notre Nation se perdent à travers la nuit.

Gatsby avait foi en cette lumière verte, en cet avenir orgastique qui chaque année recule devant nous. Pour le moment, il nous échappe. Mais c'est sans importance. Demain, nous courrons plus vite, nous tendrons les bras plus avant… Et, un beau matin…

Et nous luttons ainsi, barques à contre-courant, refoulés sans fin vers notre passé.

Le Livre de Poche s'engage pour
l'environnement en réduisant
l'empreinte carbone de ses livres.
Celle de cet exemplaire est de :
350 g éq. CO_2
Rendez-vous sur
www.livredepoche-durable.fr

PAPIER À BASE DE
FIBRES CERTIFIÉES

Composition réalisée par Datagrafix

Achevé d'imprimer en avril 2013, en Espagne par
Black Print CPI Iberica, S.L.
Sant Andreu de la Barca (08740)
Dépôt légal 1re publication : avril 2013
Librairie Générale Française
31 rue de Fleurus – 75278 Paris Cedex 06

31/7672/4